新潮文庫

偽りの楽園

上巻

トム・ロブ・スミス
田口俊樹訳

偽りの楽園

上巻

主要登場人物

ダニエル……………………………フリーランスのガーデン・デザイナー
クリス………………………………ダニエルの父
ティルデ……………………………　〃　母
マーク………………………………　〃　パートナー
セシリア……………………………スウェーデンの農場主。未亡人
ホーカン・グレッグソン…………　〃　豪農
エリース……………………………ホーカンの妻
ミア…………………………………　〃　養女
マリー・エークルンド……………キリスト教民主党党首候補
クリストフェル・ダールゴード…ファルケンベリ市長
ウルフ・ルンド……………………世捨て人
アン・マリー………………………ウルフの妻
フレイヤ……………………………ティルデの幼友達

その電話がかかってくるまではいつもと変わらない一日だった。ぼくは食料品を抱え、ロンドンの一地区、テムズ川南岸のバーモンジー地区を歩いて、自宅に向かっていた。暑さが粘りつくような八月の夕暮れ、スマートフォンが鳴ったときには無視しようと思った。早く家に帰ってシャワーを浴びたかった。が、好奇心が勝《まさ》った。歩をゆるめると、ポケットからスマートフォンを取り出して、耳に押しあてた。画面一面に汗がついた。父からだった。父は今年の春にスウェーデンに移住していた。それでも電話などめったにしてこない。そもそも携帯電話をほとんど使わない人で、それにスウェーデンからロンドンへの国際電話は安くはないだろう。父は泣いていた。ぼくは思わず食料品の紙袋を落として立ち止まった。父が泣いているのを聞くのは生まれて初めてのことだった。ぼくの両親はぼくのまえでは感情的にならないよう、いつも気をつけていた。激しい口論も涙ながらの言い争いも一切ないのがわが家だった。ぼくは言った。

「父さん？」

「おまえの母さんのことだ……具合がよくない」

「病気なの？」

「悲しくてならない」

「母さんが病気だから？　どういう病気？　どれぐらい悪いの？」

父はまだ泣いていた。父がまた話しはじめるまで、待つしかなかった。

「母さんは妄想を抱くようになった――それも恐ろしい、恐ろしい妄想だ」

体の病気ではなくて、母の心に関する父のことばはあまりに奇妙で、あまりに意外だった。熱を帯びてひびが走る歩道にぼくは片手をついてしゃがみ込んだ。食料品の紙袋の底からケチャップがにじみ出ているのをただ見つめながら、やっとの思いで尋ねた。

「いつから？」

「この夏ずっとだ」

すでに数ヵ月。その間、ぼくは何も知らずここロンドンにいたわけだ。父のほうは隠しごとをするという習わしを相変わらず守っていたわけだ。ぼくの気持ちを推し測って、父は言いさした。

「どうにかできると思ったんだ。それで様子を見すぎたのかもしれない。だけど、症状は徐々に進行した——不安を訴えたり、妙なことを言ったりするのは、誰にだってあることだ。けれど、そんなことがあったあと、母さんは頑《かたく》なに言い張るようになった。証明できると言うんだよ。証拠とか容疑者とか、そんなことを言いはじめたんだ。しかし、なんの根拠もないことだ。根も葉もないことなんだ」

父さんはもう泣いてはいなかった。声が大きくなっていた。挑むような強い声音になっていた。ことばにもよどみがなかった。そして、その声には悲しみ以外のものも交ざっていた。

「一過性のものであってくれることを祈ってたんだ。スウェーデンの農場での暮らしに慣れるには、母さんにしても時間が要るだろうって。ところが、どんどん悪くなった。今ではもう……」

ぼくの両親は、眼で見ることができて、指で触れることができる怪我《けが》以外、医者に行こうとはしない世代の人たちだ。ましてや、自分たちの暮らしにおけるこまごまとした個人的な些事《さじ》で赤の他人を煩《わずら》わせるなど、とても考えられないことなのに——

「父さん、医者には診てもらってるんだよね」

「医者によれば母さんは精神病を患《わずら》ってるということだ。ダニエル……」

母と父はぼくのことを〝ダン〟と縮めて呼ばない世界じゅうでただふたりの人間だ。

「今は入院してる。精神病院に」

その最後のことばを聞いて、ぼくはなんと言っていいのかもわからないまま口を開いた。たぶん、ただ驚きの声をあげようとしたのだろう。が、結局、何も言わなかった。

「ダニエル？」

「聞いてるよ」

「今、おれが言ったこと、聞こえたか？」

「うん」

あちこちにぶつけた跡のある車が一台通り過ぎた。ぼくの様子に気づいたのか、スピードを落としたものの、停まりはしなかった。午後八時、今夜スウェーデンに向かう便《びん》に今から乗れるとは思えなかった——明日の朝早く発《た》とう。感情的になるのではなく、今は実務的に振る舞うべきだ。そのあと少し話すと、動揺の数分が過ぎて、ぼくも父も普段の自分たちに戻った——自制心のある落ち着いた人間に。ぼくは言った。

「明日の朝の飛行機を予約するよ。予約できたら、電話する。農場のほうにいるの？

それとも病院？」

父は農場にいた。

電話を切ると、食料品袋の中に手を入れて、割れたケチャップの瓶が見つかるまで、買ったものをひとつひとつ取り出し、歩道の上に並べた。割れた瓶はラベルが貼《は》られたところだけでどうにかつながっていた。それを近くにあったゴミ入れに捨て、取り出したものを置いたところに戻ると、買った品物のケチャップで汚れたところをティッシュで拭《ふ》いた。あまり意味のないことに思えたが——こんなものはどうでもいいだろうが。母親が病気というときに——いずれにしろ、ケチャップの瓶はひどく割れてしまっていて、買ったもの全部にケチャップがついていた。ケチャップを拭き取るという単調な単純作業が今はむしろありがたかった。食料品袋を取り上げると、足を速めて家に向かった。建物の最上階が現在は何戸かのアパートメントになっている、以前は工場だった建物まで。冷たいシャワーの下に立ち、泣くことを考えた。泣いてなぜ悪い？　まるで煙草《たばこ》を吸おうかどうしようか思いあぐねるように考えた。泣くのはむしろ息子として義務ではないのか？　泣くのは本能的なことであるはずだ。が、感情を表に出すまえにやめた。知らない人間の眼にぼくは用心深すぎる人間に見えるかもしれない。しかし、そうではない。用心深いのではない。信じられなかったのだ。理解できない状況に感情的に応じることができなかったのだ。だからぼくは泣かなかった。泣くには疑問が多すぎた。

シャワーを浴びると、パソコンのまえに坐《すわ》り、ここ半年のあいだに母から送られてきたメールを調べた。その中にぼくが見落としたヒントが何か隠されているかもしれないと思ったのだ。母と父が今年の四月にスウェーデンに引っ越して以来、ぼくはふたりに一度も会っていなかった。そのときの歓送パーティではみんなでふたりのおだやかな引退を祝った。出席者全員がふたりの古い家のまえに立って手を振り、ふたりを温かく送り出した。ぼくには兄弟も姉妹もおらず、伯父さんも伯母さんもいない。だから、ぼくにとって家族と言えば、それは三人を意味する——母と父とぼくを。星座の三つのかけらを。何もない無の世界にまわりを囲まれ、密接にくっつき合った三つの明るい星を。親戚《しんせき》がひとりもいないことについては、これまで詳しく話を聞いたことはなかったが、それとなくわかったことはあった。それは、ぼくの両親は幼い頃に両親と引き離され、むずかしい育ち方をしたということだ。だから、自分の子供には自分と同じ子供時代を過ごさせたくないという固い決意から、ぼくのまえでは言い争いは絶対にしないことに決めたのだろう。ぼくはそう思っている。だから、これはイギリス的な慎み深さとはちがう。ぼくの両親はぼくへの愛を出し惜しみなどしなかった。ぼくがいることで自分たちがどれほど幸せかということも、あらゆる機会に表現した。何かいいことがあると、お祝いをし、何かよくないことがあっても、ふたりともいたって楽天的だった。そういう環境で育てられたぼくを過保護に育てられた子供と思う人もいるかもしれない。実際、ぼくはこれまでいいときしか見ていない。悪いときはずっと隠されてきた。それにはぼく自身加担してきた。自分からは何も探ろうとしないことで。四月の歓送パーティはそんないいときのことで、集まった人たちは父と母の新たな門出を偉大なる冒険への船出のように祝福した。そして、それは母にとっては帰郷だった。スウェーデンは母が十六のときにあとにした母の祖国だった。

　スウェーデン最南に位置する片田舎の農場に着くと、母はすぐに定期的にメールを寄越すようになった。その内容は、農場での暮らしがいかにすばらしいか、スウェーデンの田舎がいかに美しいか、地元の人々がいかに温かいかを伝えるものだった。だから何かよくないことが少しでも含まれていたとしたら、それはきわめて微妙なものだったはずだ。ぼくには気づかないほど。いずれにしろ、母のメールは日が経《た》つにつれて短いものになり、すばらしさを伝えることばもそのぶん少なくなった。が、ぼくはそれを肯定的にとらえていた。新しい土地に溶け込み、現地の様子をいちいち伝える時間がなくなったのだろうと。ただ、そんな母の一番最近のメールはこんなメールだった。

ダニエル！

ただそれだけ。ぼくの名前と感嘆符だけ。ぼくのほうもそのメールに速射のような返事を書いた。何かのまちがいで名前だけのメールが届いたけれど、内容は何も書かれていないので、送り直してもらえないかと。そのあとは何かのまちがいだったのだろうと思い、その母のメールは記憶から薄れた。何か困難の中で書かれたメールだったのかもしれないなどとは、少しも考えなかった。

母とのメールのやりとりをすべて見直した。自分が何か見落としていたのかもしれない、何も見えていなかったのかもしれないと思うと、心が落ち着かず、そのことに戸惑いもした。しかし、それらしいサインはどこにもなかった。奇妙な妄想に駆られていることを思わせるものなどどこにもなかった。書き方にも変化はなかった。大半は英語で書かれていたが、それは母に対しては申しわけないことながら、子供の頃に母が教えてくれたスウェーデン語をぼくが今ではもうかなり忘れてしまっているからだ。メールのひとつには容量の大きな添付ファイルがふたつあった。写真だ。これまでに見ているはずの写真だが、正直なところ、記憶がなかった。最初の写真を画面で見た――錆《さ》びた鉄の屋根のうら淋《さび》しい納屋《なや》の写真だった。空は灰色で、納屋のまえにはトラクターが一台停まっている。ズームアップすると、トラクターの窓ガラスに写真を撮った人間の体が一部写っているのがわかった。母だ。顔はぼけて写っていた。フラッシュのせいで、明るく白い何本もの閃光《せんこう》にまるで母の頭が吹き飛ばされてしまっているかのように見えた。もう一枚は父が母家《おもや》のまえに立って、見知らぬ男と話をしている写真だった。遠くから撮られており、父は写真を撮られているのに気づいていないようだった。家族のスナップ写真というよりなにやら父を監視しているような写真だった。ともに〝偉大な美〟などかけらもなかった。言うまでもない。それでも、ぼくはそんな疑問を口にすることもなく、そっちに行きたくてうずうずしていると書いた。それは嘘《うそ》だった。ぼくはそんなことを愉《たの》しみにもなんにもしておらず、初夏から晩夏にかけて、何度もスウェーデン行きを延期していた。その都度、百パーセント嘘でもない言いわけを添えて。

　先延ばしにしたほんとうの理由は怖かったからだ。ぼくは自分がパートナーと同棲《どうせい》していることも、そのパートナーとはすでに三年間続いていることも両親に話していなかった。そう、三年間も隠していたのだ。そのため今ではもう確信せざるをえなくなっていた――家族にダメージを与えることなく、このことを明かすことはできない。ぼくも大学では女の子とデートをした。そんな女の子たちにぼくの両親は夕食を振舞い、ぼくの選択眼がいいことを喜んでいると言った――実際、彼女たちはきれいで、ユーモアがあり、賢かった。しかし、彼女たちが服を脱いでも、ぼくの心臓の鼓動は高まらなかった。セックスをしているときには、眼のまえの仕事に〝プロ〟の集中力を発揮したが、それは歓《よろこ》びを提供できているかぎり、自分がゲイではないことの証明になると思ったからだ。ぼくが現実を受け容《い》れたのは、家を出て暮らすようになってからのことで、友達には打ち明けた。親には何も言わなかった。しかし、それはゲイであることを恥ずかしく思ったからではない。いわば善意の臆病《おくびょう》さのようなもののためだ。子供の頃の思い出を台なしにしてしまうのが怖かったのだ。ぼくの両親は幸せな家庭をつくるために大変な努力をした人たちだ。自らを犠牲にして、ふたりは静謐《せいひつ》の誓いを立て、どんなトラウマからも無縁の聖域を用意することを自らに約し、一度たりとその約束を反故《ほご》にしなかった。ぼくはそのためにこそふたりを愛していた。そんなふたりが真実を知ったら、まずまちがいなくふたりとも自分たちは失敗したのだと結論づけるだろう。さらに、ぼくがついてきたにちがいない嘘の数々に思いを馳《は》せるにちがいない。ぼくのことを虐待《ぎゃくたい》を受け、いじめられ、馬鹿《ばか》にされてきた孤独な子供と思うかもしれない。そのどれもが事実ではないのに。ぼくの青春時代はいたって気楽なもので、ぼくはスキップを踏んで子供から大人になった——明るいブロンドの髪はいくらかくすんだかもしれないが、ブルーの眼の明るさは少しも曇らなかった。おまけに、努力などまるでしなくてもぼくはもてた。そんな年頃を気楽に過ごした。自分だけの秘密さえ軽く考えられた。その秘密がぼくを悲しませることはなかった。だいたいそのことをぼくは深く考えなかった。つまるところ、こんなふうに考えていた。息子が隠し通してきたというのは、それは親の愛を疑っていたからではないのか——そんなふうに親が疑うこと。ぼくはそのことに耐えられなかったのだ。あまりに親に対して不公平な気がしたからだ。ぼくには自分の必死な声が聞こえた。自分でもまるで信じていない自分のことばだ。

「こんなことで何かが変わるわけじゃないんだから!」

両親がぼくのパートナーを抱擁する姿は容易に想像できた。どんなことも祝ってきたように彼らがぼくたちの関係を祝ってくれるところも。それでも、一抹の悲しさは残るだろう。このことで完璧《かんぺき》な子供時代が死んでしまうのだから。ぼくたちは愛する者が亡《な》くなったみたいにその死を悼《いた》むことだろう。ぼくがスウェーデン行きを先延ばしにしていたほんとうの理由は、スウェーデン行きが両親に真実を告げるときになることをパートナーに約束したからだった。スウェーデン行きは、こんなにも時間が経ってやっとパートナーの名前を両親に明かすことを意味したからだった。

マークはその日の夜帰ってくると、ぼくがパソコンのまえに坐り、スウェーデン行きのフライトに関するページを開いているのを見て、ついにそのときが来たと思ったのだろう、ぼくが何も言わないうちから微笑《ほほえ》んだ。対応が遅れ、彼に誤解をさせてしまった以上、ぼくは彼の誤解を正さなければならなくなった。父の婉曲法《えんきょくほう》を利用した。

「おふくろが病気なんだ」

マークが失望を隠して平静を装《よそお》うのを見るのはつらかった。彼はぼくより十一歳年上で、ちょうど四十になったところだ。ぼくが住んでいるのはそんな彼のアパートメントで、法人顧問弁護士として成功した彼の戦利品のような住まいだ。ぼくはできるかぎり家賃を払うようにして、対等の関係を演じることにベストを尽くしているけれども、実際には大した額は出せていない。フリーランスのデザイナーがぼくの仕事で、屋上のスペースを庭園に変えることを業務にしている会社から仕事を請け負っている。しかし、収入があるのはコミッションがあるときだけだ。おまけにこの不景気。次から次と仕事が舞い込んでくるわけではない。そんなぼくにマークは何を見たのか。おだやかな家庭。ぼくのことをそういうものの権威とでも思ったのかもしれない。実際、ぼくは議論をしない。ましてや口論など決してしない。両親の足跡をたどるように、家庭というものを外の世界からの避難所にしようと努力するのがぼくという人間だ。マークはある女性と十年間の結婚生活を送った挙句、双方にとって残酷な離婚をしていた。彼の元妻は自分の人生の最もいい時期を彼に盗まれ、自分は愛を浪費してしまったと主張し、現在、三十代半ばにしてほんとうのパートナーを見つけられなくなっている。マークはそんな彼女の主張を受け容れ、重い罪悪感を抱え込んでいる。その罪悪感はおそらく一生彼につきまとうのではないだろうか。二十代の頃の彼の写真を見るかぎり、高価なスーツをまとった彼は見るからに自信家といった風情《ふぜい》で、いかにも如才なげに見える。当時はジムにもよくかよっており、肩幅も広く、腕も太かった。ストリップ・クラブなどにもよく出入りし、結婚をひかえた同僚のために男だけのいささかどぎついパーティも主催する。ジョークには大笑いして人の背中を叩《たた》く。そんなタイプだった。今はもうそんなふうには笑わない。そのことには彼の両親が離婚のときに彼の元妻の側に立ったことも影響しているのかもしれない。彼の父親は今では彼を毛嫌いしている。ふたりはもう話しさえしない。彼の母親は音の出るクリスマスカードを送ってくる。ほんとうはもっと言いたいことがあるのに、なんと言えばいいのかわからないのかもしれない。そのカードに父親のサインはない。だから、マークはぼくの両親のことを二度目のチャンスのように思っているのではないだろうか。そんな気がする。彼には当然の権利がある。自分の人生の一部になってほしいとぼくの両親に頼む権利だ。言うまでもない。ぼくがそれを遅らせていることを彼が容認しているのは、彼自身、カムアウトするのにとても長くかかったために、こういう問題に関して、自分から何かを要求するなどとてもできなくなっているからだろう。それ以外には考えられない。ぼくはその事実をある意味で利用していたのにちがいない。それでぼくのほうはプレッシャーを感じなくてもすんだからだ。それで真実をその時々遠ざけることができたからだ。

差し迫った仕事があるわけでもないぼくにとって、今すぐスウェーデンに発つことにはなんの問題もなかった。問題はただひとつ、旅費をどうやって工面するかだ。両親に彼の名前すら言えていないのに、マークに出してもらうなど論外だった。最後の貯金を使い果たし、借り越しまでして、どうにか便を予約すると、ぼくは父にその旨《むね》を伝えた。取れたのは翌朝九時三十分にヒースロー空港を発ち、スウェーデン南部のヨーテボリにその日の昼下がりに着く便だった。父は数語しか話さなかった。いかにも打ちひしがれ、元気のない声だった。辺鄙《へんぴ》な農場でただひとり、この事態に父がどのように対処しているのか心配になり、ぼくは今何をしているのか父に尋ねた。すると父は答えた。

「片づけてる。母さんが引き出しという引き出し、戸棚という戸棚を漁《あさ》ったものだから」

「母さんは何を探してたの？」

「わからない。なんの脈絡もないことだ。ダニエル、母さんは壁に字を書いたりもした」

なんて書いたのかとぼくは尋ねた。すると父は答えた。

「それはどうでもいいことだ」

その夜はとても眠れなかった。母の思い出が頭の中をめぐり、その中心に二十年前にスウェーデンで一緒に過ごしたときのことがあった。ヨーテボリの北にある諸島の小さなリゾート・アイランドでふたりだけで過ごしたときのことだ。ぼくと母は海水に足を浸し、ふたり並んで岩に腰かけていた。外洋に向かう貨物船が遠く深い海を進むのが見え、その船が船尾に立てた波が自分たちのほうに向かってくるのを眺めていた。その波が鏡のように平らな海に皺《しわ》をつくり、近づいて浅瀬にはいるにつれて大きくなり、最後に砕け散るのを待ち構えていた。岩場の土台にぶつかり、ぼくたちをずぶ濡《ぬ》れにさせるのを。そのときのことを思い出したのは、母とはその頃が一番近かったからだろう。その頃のぼくには大切な決断をするのに母に相談しないなど、想像もできないことだった。

翌朝、マークはぼくをヒースロー空港まで車で送っていくと言い張った。電車で行ったほうが早いことはふたりともよくわかっているのに。道路が混んでもぼくは文句を言わなかった。時計を見るようなこともしなかった。彼がどれほどぼくと一緒に行きたがっているのかわかりながら、空港までのそのドライヴを超える旅を彼に許さなかったのは、このぼくなのだから。車を降りると、彼はぼくをハグした。そのとき彼が泣きそうになっているのに気づいて、ぼくは驚いた。抑えた彼の胸の震えが伝わってきた。ぼくは搭乗ゲートまで送ってくれなくてもいいと言い、ぼくたちは建物の外でさよならを言い合った。

搭乗券とパスポートを用意してチェックインをしようとしたところで、スマートフォンが鳴った。

「ダニエル、母さんはもうここにはいない！」

「ここって？」

「病院だ！　退院してしまったんだ！　おれが昨日入院させたんだ。自分からは来なかっただろうが、それでも母さんは逆らわなかった。だから、任意の入院だった。それがおれがいなくなったとたん、医者を説得して退院してしまったんだ」

「医者を説得した？　医者が母さんのことを精神病だって診断したんじゃないの？」

父は何も答えなかった。ぼくはその点をさらに確認した。

「母さんの退院については父さんは何も相談されなかったの？」

父は声を低くして言った。

「母さんはおれには何も言わないように医者に頼み込んだにちがいない」

「母さんはなんでそんなことをしたの？」

「それはおれも母さんが訴えてる相手のひとりだからだ」

そのあと父は慌《あわ》ててつけ加えた。

「もちろん、母さんの言ってることにはなんの根拠もない」

今度はぼくが黙り込む番だった。母さんが何を訴えているのか訊《き》きたかった。が、そこまで自分を持っていくことができなかった。列のうしろの人に先に行くように身振りで示し、鞄《かばん》に腰かけ、ぼくは頭を抱えた。

「母さんは携帯を持ってる？」

「何週間かまえに壊してしまった。携帯は信用できないと言って」

物を粗末にすることのない母が感情に任せて電話を壊すというのは、ぼくの想像を超えていた。まるでぼくの知らない人物の話をされたような気分だった。

「お金は？」

「いくらかは持ってるはずだ――革のショルダーバッグを持って出てるから。母さんは片時もそれを離さない」

「何がはいってるの？」

「母さんだけが大切に思ってるがらくただ。母さんはそれを証拠と言ってる」

「退院したときの様子は？」

「病院はそんなことさえ話してくれない。だから母さんは今どこにいてもおかしくないんだ！」

そこでぼくは初めて戦慄《せんりつ》を覚えた。ぼくは言った。

「父さんと母さんは共同名義の銀行口座を持ってるよね。銀行に電話して、一番新しいお金の出入りを訊くといい。あとはクレジットカードから母さんの居所がわかるかもしれない」

返事はすぐには返ってこなかった。父は銀行に電話をしたことなど一度もないのではないか。ぼくはそう思った。お金のことは全部母に任せていたのだろう。両親はふたりで仕事をしていたのだが、経理はすべて母がやっていた。請求書の支払いも確定申告も。母はそもそも数字に強く、何時間もかかる入金と出金の帳尻《ちょうじり》合わせに必要な集中力も持ち合わせていた。スプレッドシート以前の時代の母の出入金台帳をぼくは容易に思い出せた。筆圧が強くて、書き込んだ数字がまるで点字のように見えたものだ。

「父さん、銀行に電話して、そのあとすぐにぼくに電話してくれる？」

ぼくは列から離れ、建物の外に出て、喫煙者の一団のあいだを抜けた。スウェーデンで行方がわからなくなってしまった母のことをどう考えればいいのか、まるでわからなかった。電話が鳴った。父がこんなに早く仕事をすませたことに驚いた。が、かけてきたのは父ではなかった。

「ダニエル、よく注意して聞いて――」

母からだった。

「公衆電話からかけていて、長いことは話していられない。お父さんからあなたに話があったと思うけれど、あの男があなたに言ったことは全部嘘よ。わたしの頭はおかしくなんかなってない。お医者さんに診てもらわなくちゃならないようなことは何もない。わたしに今必要なのは警察よ。これからロンドンまで飛行機で行くわ。ヒースローで待っていてちょうだい……」

搭乗券の記載を見ようとしたのだろう、母はそこで初めてことばを切った。その機会をとらえて、哀れな母に対してぼくにできたのは、「母さん！」とただ呼びかけることだけだった。

「ダニエル、何も言わないで。時間がないのよ。飛行機はターミナル1に到着することになってる。今から二時間後に。父さんが何か言ってきても、絶対――」

電話はそこで切れた。

ぼくは母が出てくれることを願い、すぐに公衆電話の番号に折り返しかけてみた。が、誰も出なかった。もう一度かけ直そうとしたところで父からかかってきた。前置きも何もなく、父は言った。メモを読み上げているようだった。

「今朝の七時二十分にヨーテボリ空港で四百ポンド使ってる。支払い先はスカンジナビア航空だ。朝一番のヒースロー行きに間に合ったんだ。母さんはもうそっちに向かってる！　ダニエル？」

「聞いてるよ」

どうしてぼくは母から電話があったことも、母さんがこっちに向かっていることはもう知っていることも、そのとき父に言わなかったのだろう？　母のことばを信じたから？　母はむしろ毅然《きぜん》としていた。ぼくに伝えようとしていることも明快だった。ぼくは妄想の羅列が始まるのではないかと思っていた。明確な事実と簡潔なことばではなく。ぼくは頭が混乱した。父のことを嘘つきと言った母のことばを今ここで父にぶつけるのは、喧嘩《けんか》を売るようなものに思われた。どうしてもたどたどしい物言いになった。

「こっちで、母さんに、会うよ。父さんは、いつ、来られる?」

「おれは行かない」

「来ない?」

「おれがスウェーデンにいるとわかれば、母さんは安心するだろう。母さんはおれに追いかけられてると思い込んでるから。おれがこっちにいれば、それでおまえにも時間の余裕ができる。おまえはとにかく母さんには助けが要ることを母さんにわからせてくれ。おれにはもう助けられない。母さんがそれを許してくれないからだ。そっちで母さんを医者に診せてくれ。おれのことを気にしなくてもよくなったことがわかれば、母さんも安心しておまえの言うことを聞くかもしれない」

父の理屈がぼくにはまるで理解できなかった。

「母さんがこっちに来たら、とにかく連絡するよ。それから何か対策を考えよう」

そう言って電話を切ったものの、ぼくはふたつの解釈の板挟みになっていた。母が精神疾患を患っているというのがほんとうなら、どうして医者は母を退院させたのか。母を拘束することが法的にはできなかったのだとしたら、そのことを父に話したはずだ。なのに医者はそれを拒んだ。父をまるで母の敵のように扱い、病院からというよ り父から母を逃すことの手助けをした。それはつまり、他人には母は正常に見えたということなのだろう。航空会社のスタッフが母に搭乗券を売り、空港の警備担当者も搭乗ゲートを通した。誰も母を止めなかった。母は壁にいったいなんて書いたのか。母がメールで送ってきた父の写真――見知らぬ相手と話をしている父の写真が頭から離れなかった。

ダニエル！

そのことばがまるで助けを求める悲鳴のように頭の中で聞こえはじめた。

空港の案内板が更新され、母の乗った飛行機が到着したことがわかった。自動ドアが開くのを待って、手すりの一番手前まで急ぎ、荷物のタグを見た。やがてヨーテボリからの搭乗客がぽつぽつと現われた。最初は会社の重役クラスの人たちで、自分の名前が書かれ、ラミネート加工されたプラスティックのタグを探していた。次にカップルたち、大きな荷物を積み重ねた家族づれと続いた。母の姿はなかった。母は歩くのが速く、またこんなときに機内に持ち込めるもの以外に荷物を持っているとも思えなかった。年配の男性がゆっくりとぼくのそばを通り過ぎた。その人がヨーテボリからの乗客の最後の一団のひとりであるのは明らかだった。ぼくは父に電話をかけようか真剣に考えた。何か手ちがいがあったことを伝えようと思った。そこで大きなドアがシューという音を立てて開き、そのドアから母が出てきた。

視線を下に向けていた。まるでヘンゼルとグレーテルが落としたパンくずをたどるかのように。傷《いた》んだ革のショルダーバッグを肩から掛けていた。何かがぎゅう詰めにされていて、ストラップのところまで目一杯ふくらんでいた。初めて見るバッグだった。母が普通買いそうなバッグではなかった。母の苦悩は着ているものにも表われていた。靴は踵《かかと》がひどくすり減っており、穿《は》いているスラックスは膝《ひざ》のところが皺くちゃになっていた。シャツもボタンがひとつなくなっていた。ぼくが知っている母はたとえその必要がなくても過度に身だしなみに気をつかう人だった。そのほうがレストランでも劇場でも仕事の場でも賢明だということで。ぼくの母と父はロンドン北部で園芸用品店を兼ねたガーデン・センターを所有していたのだが、そこはT形をした地所の一辺で、白い化粧漆喰仕上げの大きな家のあいだにはさまれた土地だった。ロンドンの地価が安かった一九七〇年代に買ったのだ。父はたいていくたびれたジーンズにごついブーツにぶかぶかのジャンパーという恰好《かっこう》で、手巻き煙草を吸う人だが、母は糊《のり》の利《き》いた白いシャツに、冬はウールのスラックス、夏はコットンのスラックスというタイプで、お客さんたちはよく母がオフィスで着ている服装のことを話題にしたものだ――母も父と同じくらい肉体労働をしているのに、どうしてこんなに身ぎれいにしていられるのか。そんなことを言われるたびに、母は笑い、無邪気に肩をすくめたものだ。〝わたしにもほんとうにわからない！〟と言わんばかりに。しかし、それは母の計算だった。奥の部屋には常に着替えが用意されており、母はこんなことをよくぼくに言った――ダニエル、商売をする上で見てくれというのはとてもとても大切なものよ。

ぼくからは声をかけなかった。母のほうからぼくに気づくかどうか、見てみたかったのだ。四月に別れてから、不健康に見えるほど明らかに痩《や》せていた。スラックスもぶかぶかで、形をなくして吊《つ》るされた木の操り人形の衣裳《いしょう》を思い出させた。自然な体の曲線がなかった。現実の人間というより、誰かが慌てて引いた一本の線のように見えた。ショートカットのブロンドの髪はうしろにまっすぐに梳《と》かされていたが、濡れているように見えた。といっても、ワックスやジェルをつけたわけではなく、ただ水で濡らしただけのようだった。飛行機を降りて、洗面所に寄ったのにちがいない。あさっての方向にはねている髪を撫《な》でつけたのだろう。以前は若々しく見えた顔がここ数ヵ月でめっきり老《ふ》け込んでいた。着ているもの同様、肌にも苦悩の跡が見て取れた。頬には黒っぽいしみができ、眼の下の皴がやけにめだっていた。それとは対照的に、眼だけは以前より数段明るくなっていた。ぼくは手すりから離れた。何か本能のようなものから、すぐに母に触れるのはためらわれた。いきなり触れたら母は悲鳴をあげるのではないか。そんな気がしたのだ。

「母さん」

母は顔を起こした。驚いていた。が、ぼくだとわかると、勝ち誇ったような笑みを浮かべた。

「ダニエル」

母はぼくが何かで母を得意にさせたときのような声をあげた。静かながらはっきりとした幸せな声を。ハグすると、ぼくの脇《わき》に顔を埋《うず》めた。それから体を離すと、ぼくの手を取った。ぼくは親指の先で母の指をそれとなく調べた。皮膚がざらざらしていた。爪《つめ》もぼろぼろで手入れをした形跡がなかった。そんな母が囁《ささや》くように言った。

「やっと終わったわ。これでもう安心」

母がボケたわけではないことはすぐにわかった。ぼくの荷物にすぐに気づいた。

「それはなんのため?」

「ゆうべ父さんから電話があって、母さんが入院したって言われたものだから——」

母はぼくのことばをさえぎって言った。

「あれは病院じゃない。収容所よ。父さんはわたしを精神病患者の収容施設に連れていったのよ。そして、ここがおまえの居場所だってわたしに言った。動物みたいに吠《ほ》えている人たちの隣りの部屋がわたしの居場所だって。それからあなたに電話して、さっきあなたが言ったようなことを言ったのね。母さんは頭がおかしくなったって。そうなんでしょ?」

すぐには答えられなかった。母の激しい怒りをどうなだめればいいのかわからなかった。

「母さんから電話があったときにはもうスウェーデンに向かうところだったんだ」

「父さんの言うことを信じたのね?」

「それは当然だと思うけど」

「父さんはそれをあてにしたのよ」

「いったい何が起きてるのか話してくれないか?」

「ここじゃ駄目。こんなに人がいるところでは。きちんとやらないと。最初からきちんとね。何ひとつまちがえないで、やらないと。だから——今は——何も訊かないでちょうだい。今は——まだ」

母の口ぶりはどこか形式ばっていて馬鹿丁寧だった。音節ごとにやけにはっきりと発音し、句読点がつきそうなところでは少し間をあけて話した。ぼくは同意した。

「わかった」

母は感謝の意を示すようにぼくの手を強く握り、声を和らげて言った。

「家に連れていって」

母にはもうイギリスに家はなかった。スウェーデンの農場に引っ越すときに売り払っていた。スウェーデンの農場。そこが母と父の終《つい》の棲家《すみか》となって、そこで幸せな人生を新たに築くはずだったのだが。いずれにしろ、母が今〝家〟と言ったのはぼくのアパートメントのことだ。正確にはマークの。母がまだ名前も聞いたことのない男の。

マークには母の飛行機が到着するまえにすでに伝えてあった。彼は事態の急変に——母が今は医者の監督下にいないことにとりわけ——驚いていた。あれこれぼくがひとりで判断しなければならないことにも。小まめに電話で連絡する、ぼくは彼に約束した。父にも電話することを約束してあったのだが、母がそばにいてはそのチャンスはなかった。母をひとりにはできず、母のまえで父におおっぴらに報告したりすれば母の不信を買うかもしれず、そんな危険は冒せなかった。母はぼくのことを信用しなくなり、悪くすればぼくからも逃げ出すかもしれない。父に言われなければ、そんなことは考えもしなかっただろうが。そんなことは考えただけで恐ろしかった。ぼくはポケットに手を入れ、スマートフォンをマナーモードに切り替えた。

市の中心地に向かう電車の切符を買ったときにも、母はぼくのすぐそばから離れようとしなかった。ぼくのほうは、注意深く監視していることを母に悟られないよう笑みを浮かべながら、その実、しょっちゅう母をチェックしていた。母は間隔を置いてぼくの手を握った。それはぼくが子供の頃以来、母がしたことのない行為だった。ぼくはひとつ方針を定めた。できるだけ中立的な立場でいることに決めた。どんな予断も持たないようにしよう。母の話を虚心に聞くことにしよう。そう決めた。思えば、ぼくが母か父かどちらかの側に立たなければならないようなことは、これまで一度もなかった。それは、ぼくがどちらかの側に立たなければならないような諍《いさか》いなど、ふたりがこれまで一度も起こしたことがないからだ。比較をすれば、ぼくは母と関わることのほうが多かったけれども、それはただ単に日々の暮らしの中で母と接する機会のほうが多かったからにすぎない。ぼくの父はさまざまなことを母の判断に任せることに常に満足していた。

電車に乗ると、母は車両の一番うしろの席を選んで、窓に頭をあずけた。その席は車両全体を見渡すのに一番適した席だった。誰も母にこっそり近づくことのできない席だった。母はショルダーバッグを膝の上に置くと、それをしっかりと抱え込んだ――まるできわめて重要な荷物を携えた特使ででもあるかのように。ぼくは尋ねた。

「荷物はそれだけ？」

母はしかつめらしくバッグを叩いて言った。

「これはわたしの頭がおかしいわけでもなんでもないことを証明する証拠よ。隠蔽《いんぺい》された犯罪を暴《あば》く証拠よ」

日常生活とあまりにかけ離れた母のことばはぼくの耳にいかにも奇妙に響いた。それでも母の口調はどこまでも真摯《しんし》なものだった。ぼくはさらに尋ねた。

「見てもいい？」

「ここじゃ駄目」

そう言って、母は指を一本唇のまえに立てた。これは公《おおやけ》の場で話すことではないと言わんばかりに。その仕種《しぐさ》はなんとも奇妙で不必要なものだったが、三十分一緒にいても、ぼくには母の精神状態を推し量ることはできなかった。それぐらいすぐにわかるのではないかと思っていたのだが。肉体的な変化は見られた。性格もちょっと変わったように思える。しかし、その変化が実際の体験によるものなのか、頭の中だけの体験によるものなのか、判断がつかなかった。母のバッグの中身を見ればもっとはっきりするだろう。母が言う証拠とやらがなんなのかわかれば。

パディントン駅に着いて、降りようとすると、母がぼくの腕をつかんだ。急にまた恐怖に取り憑《つ》かれたような顔をしていた。

「わたしの話はすべて虚心坦懐《きょしんたんかい》に聞くって約束してちょうだい。あなたにしてほしいのはそれだけよ。きっとそうするって約束して。そのためにこそわたしは来たんだから。約束して！」

ぼくは母の手の上に自分の手を重ねた。母は震えていた。ぼくが母の側に立たないかもしれないことを恐れていた。ぼくは言った。

「約束するよ」

タクシーの後部座席に坐り、ぼくと母は駆け落ちをした恋人同士のように固く手を握り合った。ふと母の口臭が鼻をかすめた。かすかなにおいだったが、金気くさいにおいだった。鋼鉄をすりつぶしたような。そんなにおいがあるとするなら。ひどい寒さの中に置かれているかのように、母の唇は細い一本の線になっていた。怪訝《けげん》に思ったぼくの心を読んだかのように、母は口を開けて舌を出して見せた。舌の先がタコの墨のように真っ黒になっていた。母は言った。

「毒よ」

驚いたぼくが何か言うまえに、母は首を振り、タクシーの運転手のほうに頭を傾《かし》げて、他人の耳があるところではどんなことも明かせないことをぼくに思い出させた。スウェーデンの医者はどんな検査をしたのだろう？　ほんとうに毒だとして、それはどんな毒なのか。それよりなにより、母は誰に毒を盛られたと思っているのか？

ゆうべ食料品袋を落とした場所から数百メートル離れたところにあるアパートメント・ハウスのまえで、タクシーを降りた。ぼくのアパートメントには母はまだ一度も来たことがなかった。ほかの人たちとルームシェアをしているところに両親に来られるのは気まずいというのがぼくの言いわけで、これまでそれで納得してくれていた。そんないい加減な言いわけをふたりがどうして受け容れてくれたのか、ぼくにはわからない。そういうことを言えば、ぼく自身、よくもそんな嘘をつけたものだが、いずれにしろ、今はぼくの現実を明かすことで母の気持ちをそらせたくなかった。さしあたってはその嘘に沿った振る舞いをするつもりだった。が、アパートメントの中に案内する段になって、遅ればせながら気づいた。注意していれば、寝室がひとつしか使われていないことぐらい誰にでもわかるだろう。二番目の寝室は書斎用になっていた。玄関のドアの鍵《かぎ》を開けると、ぼくは急いで中にはいった。母は家の中にはいるときには必ず靴を脱ぐので、寝室と書斎のドアを閉める時間は充分あった。玄関に戻ると、ぼくは言った。

「誰かいるかどうか確かめたんだ。よかった、誰もいなくて」

母は満足げな顔をした。それでも、閉められたふたつのドアのまえでは立ち止まった。自分でも確かめたくなったのだろう。ぼくはそんな母の肩に腕をまわして二階に導いた。

「約束するよ。誰にも言わない」

間仕切りのないキッチンと居間——マークのアパートメントの心臓部——に立って一目見るなり、母はその部屋に魅了されたようだった。マークは常々自分の好みはミニマリストのそれだと言っており、その部屋についても、ここからの市《まち》の眺めによってすでに特色づけられているというのが彼の考えだった。実際、ぼくが引っ越してきたとき、彼のアパートメントにはほとんど家具がなかった。といって、それはスタイリッシュからはほど遠く、空疎《くうそ》でただ淋しいだけだった。確かにマークはそこで眠り、そこで食べてはいても、そこに住んではいなかった。それをぼくが少しずつ変えたのだ。彼の所有物を隠す必要はなかった。隠さなければならないものは何もなかった。母は驚くほどの注意力でぼくの痕跡《こんせき》を部屋の中に探して、本棚から本を一冊取り出した。母がプレゼントしてくれた本だった。ぼくは何かに突き動かされるように言った。

「このアパートメントはぼくのじゃない」

何年もぼくはいともたやすく嘘をついてきた。が、今日は嘘がつらかった。捻挫《ねんざ》した足で走るような苦痛があった。母はぼくの手を取ると言った。

「お庭を見せて」

ぼくがルーフガーデンのデザインを請け負っている会社にマークが発注して造った

庭だ。マークは初めからそのつもりだったと言い張っているが、ほんとうはぼくへの贈りものだった。上位者の心づかいだった。口にこそ出さないものの、ぼくの両親はぼくの職業の選択にはいささか戸惑っていた。自分たちとは異なる仕事に就くものとばかり思っていたのだ。両親がふたりとも十六歳で働きはじめたのに対して、ぼくは大学まで行って、結局、引退するまでふたりが続けたのとほぼ同じ仕事に就いた。ぼくには学位の取得証書があるのと、二万ポンドの借金をして起業しようとしているところはちがっているが。それでも、ぼくは子供時代全般を木と花に囲まれて過ごしたわけで、植物を育てる才能を両親から受け継いでいた。だから、そういう仕事ができればそれで幸せだった。植物に囲まれて屋上に坐り、ロンドンの市街を見下ろしていれば、どんな嫌なことも忘れられた。今もこのまま永遠にこの庭で過ごしたいと思った。陽射《ひざ》しを浴びて、静寂にしがみついて。しかし、母は庭そのものに興味があったのではなかった。しきりと屋上の造りを気にしていた。非常口はどこにあるのか、避難通路はどうなっているのか。最後に腕時計を見ながら、母は焦《あせ》りの色をありありとにじませて言った。

「時間がないわ」

何が起きているのかということに関する母親ヴァージョンを聞くまえに、ぼくは食事を勧めた。母は礼儀正しく断わり、すぐに話したがった。

「話さなければならないことが山ほどあるのよ」

ぼくは譲らなかった。母がひどく瘦せ細ってしまっているのはまぎれもない事実で、母が最後に食事をしたのがいつなのか、訊き出せていなかった。訊いてもはぐらかされていた。ぼくは勝手にバナナとイチゴと地元の蜂蜜《はちみつ》のジュースをつくりはじめた。母はぼくのそばから離れず、最初から最後まで見守った。

「ぼくのことは信用してくれてるんだよね？」

母はとことん用心しているのだろう。何もかも疑わしくてならないといったふうだった。自分が点検した果物しか使わせてくれなかった。そのミックスジュースには疑わしいところなどひとつもないことを示すのに、ぼくはグラスを母に渡すまえに自分で一口飲んだ。母のほうは一口とも言えないほど微量を口にした。が、そこでぼくの視線に気づき、ジュースを飲むことが母の精神状態を量るテストになってしまっていることを理解したようで、疑い深げな態度を一変させると、長々と一飲みした。そして、飲み干すと言った。

「お手洗いを使わせて」

わざと吐こうとするのではないか。ふとそんな思いが頭をよぎったけれど、まさか一緒についていくとも言えなかった。

「階下《した》にある」

母はキッチンを出た。ショルダーバッグは片時も放さなかった。

ぼくはスマートフォンを取り出して履歴を見た。父から三十回以上もかかってきていた。ボタンを押して、声をひそめた。

「父さん、母さんはこっちにいる。無事だよ。今は話ができな——」

父はぼくのことばをさえぎった。

「待て！ よく聞け！」

父にこんなふうに電話をするのは危険だった。母に聞かれやしないかと思うと気が気ではなかった。ぼくは階段のへりまで行って、母が戻ってくる気配はないかどうか確かめようと振り返った。が、母はもうそこにいた。部屋の隅にいて、ぼくをじっと見ていた。階下《した》に降りて洗面所に行って、そんなに早く戻ってこられるわけがない。母は嘘をついたのだ。母は母でテストをしたのだ。母がいなくなった時間をぼくがどう使うか見きわめようとしたのだ。それがテストである以上、ぼくは落第だった。母はこれまでに見たこともないような目つきでぼくを見ていた。ぼくはもう息子ではなくなっていた。母にとって脅威に、敵になっていた。

ぼくはまさにふたりの板挟みになった。母が言った。

「あの人ね？」

几帳面《きちょうめん》さは消えていた。非難するような攻撃的な口調になっていた。父にも母の声が聞こえたのだろう。

「母さんもそこにいるのか？」

ぼくは動けなかった。眼は母に向け、耳には電話を押しあて、決断も判断もできず、体が麻痺《まひ》したようになっていた。父が言った。

「ダニエル、母さんは暴力的にもなる」

父のそのことばを聞いて、ぼくは首を振った。それは信じられなかった。母がこれまで誰かを傷つけたことなど見たことも聞いたこともない。今のは父の思いちがいだ。でなければ、父は嘘を言っているのだ。母はまえに出てくると、電話を指差して言った。

「あとひとことでもあの人にしゃべったら、わたしは出ていくわよ」

　父の声を聞きながら、ぼくは電話を切った。

　まるで武器を放棄するかのように、ぼくはスマートフォンを母に差し出し、しどろもどろの弁解をした。

「母さんがこっちに着いたら、電話するって父さんに約束したんだよ。母さんは無事だって伝えるのに。話をちゃんと聞くって母さんに約束したのと同じように父さんにも約束したから電話したんだ。だから、頼むよ、母さん、坐《すわ》ってくれないか？　ぼくに話したいんだろ？　ぼくもその話を聞きたいよ」

「わたしがお医者さんの診察を受けたっていうのもあの人から聞いた？　お医者さんはわたしを診察して、わたしの話を聞いて、その上でわたしを退院させたのよ。それはつまり、専門家がわたしの話を信じたということよ。逆にあの人の話は信じなかったということよ」

　そう言って、母はまえに出てきて、ぼくにショルダーバッグを差し出した——母の証拠を。二度目のチャンスを与えられ、ぼくもまえに出て部屋の真ん中で出会い、ひび割れた革のバッグを受け取った。そのバッグを手放すのには、かなりの意志の力を必要としたようだった。ぼくのほうはその重さに驚いた。バッグをダイニングテーブルに置いたところで、父からまた電話がかかってきた。画面に父の姿が映し出された。

それを見て、母が言った。

「出てもいいのよ。それともバッグを開けるか」

電話を無視して、ぼくはバッグに手を置き、バックルをはずせるように中身を手で押しつけた。革が軋《きし》んだ。ぼくはフラップを開いて中を見た。

母はバッグの中に手を入れると、小さなコンパクトを取り出して、ぼくのほうに鏡を向けた。それが母の証拠第一号ででもあるかのように。鏡に映ったぼくは見るからに疲れた顔をしていた。が、母にはそんなぼくの顔がまたちがって見えているようだった。

あなたはわたしを怖がっている。わたしにはわかる。だって、わたしは自分の顔よりあなたの顔のほうをよく知ってるんだから。それが愚かで感傷的な誇張だと思うのなら、いったい何度あなたの涙を拭《ふ》いて、何度あなたの笑顔をわたしが見てきたか、考えてみなさい。これまでずっと一緒にいて、あなたにそんな眼で見られたことは一度もなかった――

さあ、自分で見てみなさい！

いえ、感情的になっては駄目ね。あなたが悪いんじゃないんだから。わたしははめられたのよ。何か犯罪の濡《ぬ》れ衣《ぎぬ》を着せられたというわけじゃないけれど、頭がおかしいことにされてしまったのよ。でも、あなたはとっさの判断として、あの人の側に立とうと思ってる。そのことを否定してもなんの意味もないわ。お互い率直でないとなんの意味もない。あなたのわたしを見る眼つき。びくびくした眼つきを見れば、あなたの気持ちは手に取るようにわかる。確かに、わたしの敵はわたしが自分に対しても他人に対しても、自分の息子、あなたに対してさえ危険な存在だって言ってる。なんて破廉恥《はれんち》なやつらなの！　わたしの人生における大切な人間関係までめちゃめちゃにしようなんて。わたしを阻止するためなら、彼らはどんなことだってするつもりなのよ。

あなたも知っていると思うけれど、このことはさきに言わせてちょうだい。女が虐待《ぎゃくたい》や不当な権力に対抗して立ち上がったときに、精神状態がおかしくなったと言って、女を黙らせようとするのは、何百年もまえから試され、おこなわれてきた方法よ。わたしの見てくれが変なことはわたしも認める。腕も痩せ細ってしまったし、着ているものもぼろよ。爪も欠けてしまってるし、息もくさい。わたしはこれまでずっと外見を保つことに気を配ってきた女よ。なのに今日、空港であなたはわたしを眺めまわして思ったことでしょう。

「母さんは病気だ！」って。

でも、それはまちがいよ。今ほどはっきりとものが考えられることもないんだから。

わたしの声が変だってあなたはもしかしたら思うかもしれない。母さんのことが母さんらしく思えないって思うかもしれない。でも、あなたを説得できなければどうなるか、そのことの重大性がわかっているのに、普段の声でなんかしゃべれない。途中の説明を省いて、なによりショッキングな出来事をさきに話すなんてとてもできない。何が起きているのか、かいつまんでほんの数語で話すなんてこともね。大まかなことを簡単に説明しただけで、それだけでもうあなたは圧倒されてしまうでしょう。あなたが首を振って、あきれたように眼をぐるっとまわすところが眼に浮かぶわ。大まかな説明なんかしてもなんにもならない。〝殺人〟や〝陰謀〟なんてことばを聞いただけで、あなたはわたしの話を受け容《い》れなくなるでしょう。だから、そのかわりに、細かいところからひとつひとつ話すつもりよ。そうすれば、ジグソーパズルのピースがはまっていくように、あなたにもわかってもらえるはずよ。その全体像がわからなければ、あなたもわたしの頭がおかしくなったんだとしか思わないと思う。ええ、きっとそうなるでしょうね。あなたはきっとわたしをロンドンの忘れられた一画に建つ施設——ヴィクトリア朝風の建物——のところまで連れていくことでしょう。そして、そこでお医者さんにわたしのことを頭のおかしくなった女だって説明することでしょう。まるでわたしが犯罪者か何かのように。わたしこそものすごく悪いことをしてしまった人のように。そうしてわたしは収容されることでしょう。そのあとどうしても解放されたくて、薬漬けになって感覚も麻痺して、これからあなたに話すことはすべて嘘《うそ》だとわたしが認めるまで、ずっと収容されることでしょう。あなたがわたしに行使できる権限のことを思うと、わたしだって当然怖くなる。ダニエル、わたしを見て！　わたしを！　わたしだって怖いのよ。

とてもノーマルな話し方とは言えなかった。戒めを解かれたことばが次から次と飛び出してくるようだった。それまで母の心に堰《せ》き止められていたことばが奔流となってほとばしっているようだった。しかし、早口にはなっていてもどこかしら抑制は利いていた。本人の言うとおり、母らしくはなかった。母は声を張り上げていた。それは印象的であると同時に奇妙でもあった。裁判官のような声音になったかと思うと、やけに親密な口調になったりした。そんなしゃべり方は空港でも電車の中でもしなかった。これまでに一度も母から聞いたことのない口調だった。エネルギッシュなところも、息継ぎもしないで次々にことばを放つところも、母らしくなかった。会話というよりパフォーマンスに近かった。母もほんとうにぼくのことを怖がっているのだろうか？　鏡をテーブルに置いたとき、母の手は確かに震えていた。その鏡がテーブルに置かれたままになっているということは、このあと母がバッグの中身をひとつひとつテーブルに出すつもりでいることを示していた。そのときまではぼくもほんとうには恐れていなかったかもしれない。が、今ははっきりと恐れていた。たぶん心のどこかで、ぼくは簡単な解決法がこの部屋で見つかることを期待していたのだろう。医者や警察など介することなく、母とぼくとのあいだで、おだやかなソフトランディングのような解決法が見つかり、ぼくたちの人生がすぐにまたもとに戻ることを。しかし、母の興奮と動揺はおよそ尋常なものではなく、そのことは母がやはり重篤《じゅうとく》な病気なのか、両親の人生を大混乱に陥《おとしい》れるような真に恐ろしいことがスウェーデンでほんとうに起きたのか、そのどちらかを意味していた。

あなたがわたしの言うことを信じてくれるかどうか。そのことにすべてがかかっていると言ってもいい。もしかしたらあなたには荷が勝ちすぎるかもしれない。正直に言うわね。それが危険な賭《か》けだったとしても、親子の関係を利用してあなたの感情に訴えるというのも、とても心をそそられるやり方よ。でも、そんなことはしたくない。なぜって、わたしが訴えてることは事実によって立証されなければならないことだからよ。わたしに対するあなたの感情によってではなく。だから、あなたはわたしのことを母親だと思わないで。わたしのことはティルデと思って。告発者ティルデだと思って――

そんな顔をしないでちょうだい! 客観的になって。それが今日のあなたのただひとつの義務よ。

あなたはずっと思ってるかもしれない。あのクリスが、あのやさしくておだやかな男が、あなたにとってすばらしい父親が、重大な嫌疑の中心にいるなどありえないってね。でも、よく考えて。あの人は人に操られやすい人よ。そういう弱点を持った人よ。あの人は争いより妥協を選ぶ人よ。困難には簡単に打ち負かされてしまう人よ。強い意見の影響を受けやすい人よ。そして、そんなあの人にも衝動はある。誰にでもあるように。だから、まちがった道に引っぱられてしまって、操られているのよ——特にあるひとりの男に。あるひとりの悪党に。

ぼくの父親は草と木の名前ならなんでも知っている人だ。声を荒らげることなど決してなく、森の中を散策するのが大好きな人だ。そんな父に悪行の嫌疑があると言われてもにわかに信じられなかった。母はぼくの躊躇《ちゅうちょ》を読み取ると、驚くほど敏感にそれに応じた。

わたしのことばを疑ってる?

悪党ってわたしが言ったことを。

現実的じゃないように思う?

でも、悪党というのは現実の存在よ。わたしたちに交じってそこらを歩いている。どんな通りにも、どんな社会にも、どんな家庭にも――どんな農場にもいるものよ。

でも、ほんとうのところ、悪党というのはどういう人間のことなのか。それは、そう、自分の欲望を満たすためならどんなことも思いとどまらないやつらのことよ。わたしが今心に思い浮かべている男について、今わたしが言ったことほどうまくあてはまることばもないわ。

このバッグの中身はわたしがこの夏のあいだに集めた証拠よ。証拠はほかにもあるんだけれど、大急ぎでスウェーデンを出なければならなかったから、これしか持ってこられなかった。これらの証拠は時間を追って説明したほうがよさそうね。まずはこれから始めて——

母はショルダーバッグの脇のポケットから黒い革のシステム手帳を取り出した。二十年ほどまえに流行《はや》ったやつだ。そこには書類、写真、それに新聞の切り抜きがはさまれていた。

もともとは何か思いついたことをメモしようと思って買ったのだけれど、結局のところ、わたしのこれまでの買いものの中で一番意味のあるものになった。めくってみればわかると思うけれど、書き込みは月を追うごとに増えた。四月のページを見てみて。初めて農場に着いたときのことが書いてあるはずだけど、どれも些細《ささい》なことで、量も多くないわ。三ヵ月後の七月と比べてみて。どの行もびっしり埋まってるでしょ？　この手帳はわたしの身のまわりでいったい何が起きているのか、そのことをわたしが一生懸命理解しようとした結果よ。今ではもう相棒みたいなものね。わたしの調査のパートナーよ。ほかの人がなんと言おうと、これは何かが起きたと同時に——あるいは、遅くてもその数時間後に——事実だけを書きとどめたものよ。インクの事後変化が分析できるようなら、わたしの言っていることは科学的にも立証されるでしょう。

時々、これを見て話すわね。正確を期したいから。事実を脚色してしまっては意味がないから。細かいところまでは思い出せなくて、そのことはこの手帳にも書かれていなければ、そのまま何も埋めないでおくわね。だから信じてほしい。わたしのことばはすべて真実よ。害のないよけいな修飾もしないでおく。たとえば、きちんと覚えていないかぎり、そのとき木のてっぺんでは鳥が鳴いていたなんてことは言わない。わたしがほんとうにあった剝《む》き出しの事実ではなく、何か潤色してるみたいにあなたが少しでも思ったら、わたしはまるで信用を失ってしまうことになるわけだから。

最後にひとつ言わせておいて。この数ヵ月に起きたことがほんとうはわたしの頭の中だけで起きたことなんだったとしたら、どんなにいいか。そんなふうに事実を変えることができるのなら、わたしはなんだってする。それで説明がつくなら、それほど簡単なこともない。施設に入れられることも、妄想狂の烙《らく》印《いん》を押される屈辱なんてものも些細な代償よ。わたしがこれから説明する犯罪など実際には存在しないのだとしたら。

ぼくたちはテーブルの上にショルダーバッグを置いたまま、ふたりとも立って話していたのだが、母のほうからぼくに坐るよう身振りで示し、話を終えるには時間のかかることを示唆《しさ》した。ぼくは母の身振りに従い、ポーカーの賭け金のようにショルダーバッグをテーブルに置いたまま、母と向かい合って坐った。母は手帳をめくり、最初に読むべきところを探した。ぼくは就寝時間に母がベッドで本をよく読んでくれた子供の頃にいっとき引き戻され、その頃の思い出のおだやかさと今感じている不安とのギャップに悲しくなった。気づくと、好奇心も勇気もなくしていた。ぼくの本能はむしろ母に読んでくれるなと懇願していた。

あなたと最後に会ったのはわたしたちの歓送パーティのときよね。四月十五日。わたしたちの持ちものの一切合財を詰め込んだ古い年式の白いヴァンの横で、ハグし合った。誰もが気分を高揚させていて、みんなが笑い合った幸せな一日だった。ほんとうに幸せな一日だった。わたしの人生の中でも一番と言えるくらいいい日だった。でも、その幸せな気持ちにも今は疑問符がついてしまう。あのときのことを振り返って、クリスはこんなふうに言ってる、わたしはスウェーデンでの暮らしに完璧《かんぺき》を求めすぎてたんだって。わたしが今のような精神状態になったのは、そのときの期待と現実のギャップのせいだって。そのギャップは日を追って大きくなって、失望が深まるにつれて、わたしは天国ではなくて、人間の堕落と汚辱を見るようになったんだって。いかにももっともらしい説明よ。でも、それは嘘よ。ずる賢い嘘よ。だって、みんなで笑い合っていたそのときから、わたしには困難が眼のまえにあることがちゃんとわかってたんだから。

これはあなたの知らないことよ、ダニエル、わたしたちは破産したのよ。うちにはもうお金はないのよ。一ペニーも。不況のあいだのことはあなたもわかっていたと思う。ほんとうはもっと悪かったの。わたしたちはとことんいきづまってたのよ。でも、あなたには嘘をつかなくちゃならなかった。わたしもクリスも自分たちのことをとても恥じていて、とてもお金を貸してくれなんて言えなかった。正直に言うわね。今日はそのための日だから。正直以外には何もあってはいけない日だから——わたしは自分が恥ずかしかった。それは今も同じよ。

母のことばを聞いて、悲しみとショックとともにぼく自身も恥ずかしさを覚えた。信じられなかった。ほんとうにぼくは何も知らなかった。疑いさえしたことがなかった。両親がそんな状況に置かれていたのに、ぼくだけそれを知らないなどということがありうるのだろうか。ぼくは母に問い質《ただ》そうとした。が、話を中断されそうになったのを悟ると、母はぼくの手に自分の手を重ねてさきに言った。

最後まで話させて。

お願い。

あなたの話はあとにして。

経理はずっとわたしがやっていた。三十年間、きちんとやってきたつもりよ。それでこれまではなんの問題もなかった。ガーデン・センターなんてそんなに儲《もう》かる商売じゃないけれど、それでもお金に困ったことはなかった。どうにかやってこられた。二、三年外国旅行をするなんてことはなかったかもしれないけれど、何日かビーチで過ごすようなことはできた。そして、なによりわたしもあの人も自分たちの仕事が好きだった。それでいつもやってこられた。経費をかけることはあまりなかったから、大きな借金もしないですんだ。それにそもそもわたしたちはいい仕事をしてきた。お客さんもいい人たちばかりで、品物が安く手にはいる大きなお店が郊外にできても、わたしたちは生き残った。

不動産屋からの手紙が届いたときにはもうあなたは家を出ていた。わたしたちのささやかなガーデン・センターの不動産価値の査定をしてもらったのよ。その額は信じられないほどのものだった。そんな金額が提示されるなんてわたしは夢にも思っていなかった。わたしたちは長時間働いて、植物を育てて、ささやかな儲けを得ていたわけだけれど、わたしたちは何もしていないのに、わたしたちの足の下で土地が劇的なほどの稼ぎをしてくれていたわけよ。わたしたちがこれまでに手にしたお金をはるかに超えるほどの稼ぎを。それで、わたしもクリスも生まれて初めてお金に酔ってしまった。あなたに豪勢なディナーをご馳走《ちそう》したりもしたでしょ？　あのときにはわたしたち、ほんとうに馬鹿《ばか》みたいにほくそ笑んでたのよ。それで、ただ単に土地を売るのではなく、土地を担保に何十万ポンドもお金を借りたの。誰もが賢明な策だと言ってくれたわ。お金をただ持っていることにどんな意味がある？　土地というのは魔法のようなものよ――こっちは働かなくても富を生んでくれるんだから。わたしたちはガーデン・センターの仕事をないがしろにするようになった。それまで自分たちが一生懸命やってきた仕事を熱意のないアルバイトに任せるようになり、わたしたちは投資用のアパートメントを買った。表面上はクリスとわたしとふたりでそういうことを決めたことになっているけれど、あなたもお父さんのことは知ってるわよね。お父さんは数字にはまるで関心のない人よ。だからいつも脇役《わきやく》で、アパートメントはわたしが見つけて選んだ。それで半年が過ぎた頃には、五戸のアパートメントを所有していた。それでもまだ探していて、それが十戸になるまでやるつもりだった。十戸なんて、ただ九戸よりよさそうな気がしただけで、なんの意味もない数字なんだけれど。その頃には〝自分たちのポートフォリオ資産〟なんてことばも使うようになっていた。その頃を思い出すと、今でも顔が赤くなる。わたしたちはそうしたアパートメントのことをまるで自分たちが自分たちの手で造ったみたいに話していた。それらの価値がたったの一年で、七パーセント、八パーセント、九パーセントと上がるのを見て、ただただ驚いていた。でも、そう、言いわけめいて聞こえるかもしれないけれど、わたしたちもただ欲深だったわけじゃない。老後のことを考えてたのよ。ガーデン・センターというのはハードな肉体労働よ。そんな仕事を永遠に続けることはできない。来年の予測さえつかない仕事よ。貯金がすごくあるわけでもない。年金があるわけでもない。だから、わたしたちにしてみればひとつの人生計画だったのよ。

わたしは今、頭のおかしな人間のように思われているけれど、わたしの頭がおかしくなっていたのは五年前のことよ。狂気に蝕《むしば》まれていたのは。わたしにはそうとしか思えない。自分が自分でなくなっていた。なんにもわかっていないビジネスの世界に無謀にも足を踏み入れたのよ。わたしたちの血であり肉であったそれまでの暮らしを捨てて。そこへ不況がやってきた。わたしたちの銀行自体が倒産の危機に瀕《ひん》した。そうなったらもう、それまでわたしたちにお金を貸して投資することばかり勧めていたのに、彼らはわたしたちのことをまるで蛆虫《うじむし》みたいに扱うようになった。要するにわたしたちは彼らに踊らされたのよ！　それまでは自分たちのほうからお金を貸したがっていたのに、貸したお金をすぐに返せって言ってきた。わたしたちは何もかも売らなくちゃならなかった。これはあなたも知ってると思うけれど、五戸のアパートメントも何もかも。その一戸一戸についてわたしたちがどれほど損をしたことか。新築のものには手付け金を払っていただけで、所有権がすべて移行しているわけじゃないものもあって、結局のところ、そのお金はすべて無駄になってしまった。投資したお金すべてがよ！　進退きわまるとはこのことね。わたしたちは自分たちの家もガーデン・センターも売らざるをえなくなった。あなただけじゃなくて、わたしたちはみんなに対してふりをしていたのよ、それもこれも大きな人生計画を完成させるためだって。歳《とし》を取り、事業を続けるのに飽きてきて、引退を早めたなんてふりをしてたのよ。でも、それは真っ赤な嘘だった。そうする以外ほかに道はなかったのよ。

それで手元に残ったなけなしの現金でスウェーデンに農場を買った。そこが辺鄙《へんぴ》なところなのはそういうわけ。あなたには牧歌的なところを探してたみたいなことを言ったけれど。そう、それには嘘はないけれど、安かったから買えたのよ。実際、ロンドンでガレージを買うより安かった。安かったけれど、それでも引っ越しの費用なんかを差し引くと、わたしたちの手元には九千ポンドしか残らなかった。その数字をファイナンシャル・アドヴァイザーに言ったら、どんなアドヴァイザーも断言するでしょう、無理だって。わたしたちひとりに四千五百ポンド、わたしは六十代、あと三十年生きるかもしれない。頼れるものは何もない。だから、わたしたちは賭けざるをえなかったのよ。わたしとしても五十年前のことしかわからない国のどこともつかない場所にある農場に。わたしたちの老後を。

お金がなければロンドンでは何もできない。バスに乗るのだって二ポンドもして、パンだって一斤《きん》、四ポンドはする。農場ではわたしたちはそういった現代の暮らしの一切を書き換えるつもりだった。クレジットカードともお金とも関係のない幸せを求めようと思った。どこへ行くにも自転車を使って、車は緊急のときだけにして、ガソリン代も倹約しようと思った。休みを取る必要もないはずだった。世界で最も美しい場所のひとつに住んでいるのに、どうして休暇が必要になる？ 夏には泳げる川があって、冬にはスキーのできる雪が降るんだから。お金のかからないレジャーをいくらでも愉《たの》しめるんだから。わたしたちは自然との関わりを新たに築くつもりだった。自分たちの食べるものは自分たちで育てようと思った。大きな菜園をつくって、あとはキノコや野イチゴを採ればいい。それでどんなデリカテッセンで買っても何千ポンドもの値打ちのあるものを調達できる。要するに、あなたのお父さんとわたしは、それまでずっと自分たちがしてきたことをまた始めようと思ったわけよ。自分たちが一番得意なことをしようって。自分たちはそもそもそういう人間だったんだから――あなたのお父さんもわたしも植物を植えて育てるためにこの世に生まれてきたような人間なんだから。

こういう話がどんなふうに聞こえるかはわからないけれど、こういう計画を立てること自体はみじめなことでもなんでもなかった。気がふさぐようなことは少しもなかった。わたしたちが虚飾を落としてつましい存在に戻ろうと思ったのは、敬虔《けいけん》な哲学によるものでもなんでもなくて、実直であることは心の健康にもいいことだからよ。自分の持てる術《すべ》で生きることこそ真の自立なんだから。

言うなれば、わたしたちは借金の重荷から逃れて、新たな生活を探す巡礼者のようなものだった。スウェーデンに向かう船の上で、クリスとわたしはデッキで過ごした。膝《ひざ》に毛布を掛けて、脇に紅茶を入れた魔法瓶を置いて、星を見上げて、これからの家計についてあれこれ算段した。それがまるで軍事作戦の至上命令ででもあるかのように。わたしたちはもう二度と借金をしないことを固く心に誓っていた。銀行から脅しの手紙を受け取るなんて金輪際願い下げだって思っていた。札束にひれ伏してしまうなんて二度とあってはならないって。もう二度と！

いっとき間《ま》ができて、ぼくは立ち上がった。窓辺まで歩き、窓ガラスに頭をあずけた。両親は引退をして快適な老後を過ごしているのだとばかり思っていた。ふたりは五戸のアパートメントと自分たちの家とガーデン・センターを売っていた。不況の波がふたりの所有する不動産の価値を下げていた。それはまちがいなかった。それでも、ふたりの決断が困り果てた結果のものだったなどとは思いもよらなかった。ふたりはいつも笑って、ジョークを言い合っていた。でも、それは演技で、ぼくはそれに騙《だま》されていたのだ。ふたりは自分たちの引退をより大きな計画の一環だと言っていた。スウェーデンへの移住は新たな人生の始まりであって、ただ生き抜くためのものではないと。農場でのふたりの暮らしはいわば道楽みたいなもので、ふたりは気ままな自活生活を送ろうとしてるのだとばかり、ぼくは思っていた。が、実のところ、ふたりにはほかに生きる術がなかったのだ。なにより自分のことを恥ずかしく思ったのは、そんな両親に自分が借金を申し込もうと考えていたことだ。二万ポンドなど親にしてみればたした額ではないだろうと勝手に思い込んでいたことだ。そんなことをしていたら父も母もどれほど思い悩んだことだろう。それを思うと、それだけで身が震えた。ぼくにお金があれば、全財産を母に差し出していただろう。最後の一ペニーまで差し出して赦《ゆる》しを乞《こ》うていただろう。が、差し出せるものなどぼくには何もなかった。ぼくはふと思った——ぼくはお金のないことをさして気に病んでいない。気に病まないことを自分に許してしまっている。でも、それは身近な人間——両親とマーク——がなんとかしてくれるだろうと勝手に決め込んでいたからではないのか。母も窓辺までやってきた。ぼくの反応を誤解していた。

「今はお金のことなんか少しも問題じゃないわ」

母のそのことばは百パーセントまちがってはいない。ぼくもぼくの両親も経済的な危機に瀕していることに変わりはないが、母が話したがっているのはその危機ではない。母を今朝イギリス行きの飛行機に乗せたのは、その危機ではなかった。そこでぼくはまた思った。ぼくはふたりの経済的な危機のことを何も知らなかった。だったらぼくの知らないことはほかにもまだあるのではないか。ほんの数分前、ぼくは母が語る父親像を撥《は》ねつけた。が、今はどんなことも確信できないのではないか。母の言っていることが事実なのかどうか、それを決める証拠はまだ何もない。ただ、わかっているのは、今のぼくにはどんな判断もできないということだ。現時点におけるもっともな結論をひとつ導き出すとすれば、それは今ぼくが負わされようとしている仕事は、ぼくの手に余るということだ。誰かに助けを求めるべきなのだろうか。そこまで考えて、ぼくは母によけいなことは何も言わないことに決めた。ぼくを必要としたときにぼくのところにやってきた母の判断を尊重することにした。ぼくには腹を立てる権利などどこにもなかった――結局のところ、ぼくのほうも何年もふたりに嘘をついてきたのだ――ぼくはできるかぎりおだやかな声音で尋ねた。

「今の話はいつぼくにしようと思ってた？」

あなたが農場に来たら、何もかも話すつもりだった。まだロンドンにいるうちにこの自給自足計画を話していたら、あなたはきっとあやふやで途方もない計画だって思ったと思う。それが心配だったのよ。でも、農場に来て、わたしたちの菜園を見て、お金のかかっていない食べものを食べたら、あなたにもきっとわかってもらえる。そう思ったのよ。わたしたちの果樹園を歩いて、森のキノコや野イチゴを採ったらあなたにわかってもらえるってね。自家製のジャムやピクルスをいっぱい貯《た》め込んだ食料品貯蔵室を見れば。川ではサーモンが獲《と》れるのよ。それでもう王さまみたいな宴《うたげ》になるわ。世界で一番おいしいご馳走をお腹《なか》いっぱい食べられる宴。しかもそれらはみんなただなんだから。お金なんてなくてもどうでもよくなる。お金がないこと以外は何もかもに満ち足りた暮らしなんだから。お金がないなんて少しも怖いことじゃない。でも、そういうことは説明するより実際に示してみるほうがうんと簡単。だから、あなたがスウェーデンへ来ることを遅らせてくれたことをわたしたちはひそかに喜んでたのよ。それで時間ができたから。それで農場をもっとよくすることができたから。それであなたにもわかってもらえただろうから。わたしたちのことは心配しなくていいんだって。

　ぼくが農場を訪ねていたら、自家製の食べものと自家製の嘘――両親の嘘とぼくの嘘――の宴になっていたことだろう。訪問を遅らせるぼくのあやふやな言いわけをふたりが追及してこなかったのも、これでうなずけた。そのぶん時間が稼げて、それはふたりにとって好都合だったわけだ。しかも互いにそれぞれの嘘を打ち明けようとしていたとは。いずれにしろ、ぼくに心配をかけまいとしていたという母のことばに、ぼくは改めて思い知らされた、ふたりがぼくのことをどれほどまだ未熟な人間と見なしていたのか。それでも、今眼のまえにいる母の態度はそれとはちがっていた。もうぼくを守ろうなどとはしていなかった。受け容れる準備がぼくにできていようといまいと、母はどんな些細なことも今日のうちにすべてぼくに明かす気でいた。ぼくの手を取ると、母はぼくを椅子《いす》に坐らせた。そのじれったそうな態度が、これから暴露しようとしている犯罪に比べたら、今話したことなど物の数にもはいらないと言っていた。ショルダーバッグから皺《しわ》の寄ったスウェーデンの地図を取り出すと、母はそれをテーブルに広げた。

どうしてわたしたちはスウェーデンのこの地域を選んだのか。わたしが以前住んでいたわけでもなければ、親戚《しんせき》も知り合いも誰もいない知らない土地を選んだのか。

ここが農場――

クリスとわたしはそれはもう数えきれないほどの候補地を探した。たいていは北のほう、ストックホルムより北の物価の安い地域を探した。そんなときにセシリア――この農場の所有者の年配の女性――のほうからわたしたちを選んでくれたのよ。買い手として。この話はあなたにもしたと思うけれど、この点に関してわたしたちにはすごいつきがあった。物件を見ますかという不動産屋からの電話があって、そのとき売り主がわたしたちに会いたがってるって言われたのよ。それって奇妙なことよ。わたしたちの条件は向こうの不動産業者の名簿に登録してあった。ハッランド地方の南部は人気があって――別荘が多くて――高いのよ。だから、わたしたちが出せる金額の上限を示したあとは、不動産屋からの問い合わせはぱたっと止まってしまった。そんなときにその電話がかかってきたわけ。わたしたちはその農場の詳細をよく見てみた。完璧に思えた。だから、どこかに落とし穴があるんだろうって思った。

それでも訪ねてみて、わたしたちはとことん戸惑った。ほんとうに完璧なところだったのよ！　わたしたちがその頃どんなに興奮したか、あなたも覚えてるでしょ？　その農場は海に近くて、自転車で三十分もかからない。海辺には昔ながらのアイスクリーム屋とか、夏だけ営業しているホテルとかあって、白い砂の浜辺があった。農場には小さな果樹園もあって、サーモンの遡上《そじょう》で有名なエトラン川には浮き桟橋が設《しつら》えられていた。なのに、値段は信じられないほど安かったのよ。所有者のセシリアはお子さんのいない未亡人で、医療付き老人ホームに移らなければならない健康上の問題を抱えていた。それで売却を急いでいたのね。面接を受けたわけだけれど、こっちから根掘り葉掘り訊《き》いたりはしなかった。わたしはもうすっかりその農場に魅了されていて、これは自分がスウェーデンに戻ることを神が祝福してくださってるんだろうって、都合よく解釈した。やっとわたしたちにも運が向いてきたんだって。

そうこうするあいだも、どうしてわたしは自分の父親と連絡を取らなかったのか。あなたはきっとそう思ってるわよね？ でも、それをわたしに問い質そうとしないあなたの気持ちもわたしにはわかる。わたしは自分の子供の頃のことをこれまでずっと話題にしてこなかった。あなたがそんな印象を持っていても少しもおかしくない。あなた自身、家族と言えば、ずっとわたしたち三人のことだった。それで別に不満はなかった。でしょ？ 三人のほうが四人より五人よりその絆《きずな》は強い。そう思ってたんじゃない？ それでも、あなたが自分のお祖父《じい》さんと会ったこともないということについては、あなたに申しわけなく思っている。お祖父ちゃんがわたしたちの家族じゃなかったということについては。わたしの父さんはわたしが育った農場に今でも住んでる。わたしたちが買った農場のあるハッランド県じゃなくて、それより北のヴェルムランド県に。ヴェーネルン湖の北側に面していて、位置的にはヨーテボリとストックホルムのちょうど真ん中――ここよ。

車で六時間ぐらい離れてる。

その距離がもうすべてを語っているわね。悲しい事実だけれど、わたしは父と再会を果たしたくなかった。そうするにはすでに長すぎる時間が過ぎてしまっていた。わたしはスウェーデンに帰ったんであって、父親のもとに帰ったわけじゃない。父も今では八十代よ。だから、そんな父と距離を置きたがるなんて、なんて冷たい娘なんだろうって思う人もいるかもしれない。でも、わたしたちが疎遠《そえん》なことに関してわかりにくいところなんてどこにもない。十六のとき、わたしは父に援助を求めたことがあるんだけれど、拒否されたのよ。だから、父と一緒に暮らすなんて、わたしには初めから考えられなかった。

わたしがここに書いたことはとりあえず今は忘れて。あとで話すから。でも、そうね、あなたがもう見てしまった以上、この犯罪の大きさについてはさきに話しておいたほうがよさそうね。この陰謀は地域全体に及ぶものよ。多くの人たちに関わることよ。地元の関係当局も公共の団体も政治家も警察官も関わってることよ。あなたに話さなくちゃならないことは山ほどあるのに時間がなさすぎる。こうしてわたしたちが話しているあいだにも、クリスはロンドン行きの飛行機の手配をしていることでしょう。もういつやってきてもおかしくない。あなたのこのアパートメントに着いて、玄関のドアを激しく叩《たた》きはじめても。あれこれ自分の言いたいことをわめきはじめても――

ぼくは手を上げた。授業を受けている生徒さながら。

「父さんはこっちへは来ないよ。スウェーデンを出ないよ」

あなたにそう言ったの？　それは自分はこっちに来る必要などないことをあなたに信じ込ませたいからよ。そんなことまでする必要などないことをあなたにわからせたいのよ。なぜって、あなたはわたしが言ったことなどひとつも信じないはずだって、彼はそう思い込んでるから。自信があるのよ、あなたはただひとつの結論に行き着くだろうって――わたしは狂ってるっていう結論に。あの人がどういう理由でスウェーデンに居残るって言ったのかは知らないけれど、今頃は共謀者と躍起になって話し合ってることでしょう。その話し合いの結果、彼らはきっとあの人に命じるでしょう、できるだけ早くロンドンに発《た》って、わたしを施設に入れるようにって。だから、あの人からあなたに、気が変わった、搭乗券はもう買った、今、飛行場で出発時刻になるのを待っているところだ、なんて電話がいつかかってきてもおかしくない。それまでとは百八十度ちがうことを言いながら、あなたがどう対処するか心配になったとか、もっともな言いわけをこしらえて、きっとそう言ってくる。まあ、見てなさい。わたしの言ってることが正しいことをあの人のほうから証明してくれるから。だったら、初めからそんな嘘をつかなければいいのに。自分で自分の首を絞めるようなものなのに。だって、あの人が嘘をついている確たる証拠をあなたはこれから眼にするわけで——

母は最後まで言いきらず、立ち上がると階段を駆けおりた。ぼくは慌《あわ》ててそのあとを玄関のドアまで追った。自分が何かまちがったことをしてしまい、母はここから出ていってしまうのかと思ったのだ。

「待って！」

母は出ていくかわりにドアのチェーン錠をかけて、ぼくのほうを振り向いた。これで安心と言わんばかりに。母が逃げ出したわけではないことにぼくはほっとして、一息つくと声を落ち着かせて言った。

「母さん、ここは安全だよ。だからチェーンははずしてくれない？」

「チェーンをかけてどうして悪いの？」

反論する理由がなかった。チェーン錠までかけるというのは逆になんだか落ち着かない気がしても。チェーン錠をかけるということは、父が脅威となっていることをおのずと認めてしまうことになる――まだきちんと証明されていないことを。膠着《こうちゃく》状態を終わらせるためにぼくは折れた。

「わかった、そうしておきたいなら」

母はしたり顔でぼくを見た。これで母は小さな勝利を得ることになる。同時にぼくのほうは得点を上げることにもなる。そのことがわかったのだろう。母はチェーン錠をはずして垂らすと、いくらか苛立《いらだ》ったように、ぼくを追い立てた。ぼくたちはまた二階に戻った。


あなたはわたしが犯したのと同じ過《あやま》ちを犯している。わたしはクリスを過小評価していた。今のあなたと同じように、疑わしきは罰せずということで片づけてきた。でも、気づいたときにはもう遅かった。あの人はもう飛行機に乗ってるんじゃないかしら。わたしが乗った便のあと、ほんの数時間で発つ便があったから、わたしたちにどんな警告もしないでやってくる可能性大ね。

テーブルに戻っても、母はまだ不満げにしていた。地図をたたむと、また手帳を取り上げ、間を置いた。どこまで話したのか思い出そうとしたのだろう。ぼくはそれまでとは別の椅子に坐《すわ》った。テーブルをはさんでではなく、母に近い椅子に坐った。母は四月十六日と書かれたページを示してみせた。ふたりが農場に着いた日だ。そこにはただひとつ、次のような書き込みがされているだけだった――〝なんて動きの速い奇妙な空なの〟。

白いヴァンでスウェーデンに向かう車中、わたしはずっと興奮していた。同時に恐れてもいた。わたしはこんなにも長いことこの国を離れておきながら、今改めて自分の祖国にしようなどという不可能な夢に挑戦しようとしているのではないか。そんなふうに思えたのよ。それに責任も肩に重くのしかかっていた。クリスはスウェーデン語などひとことも話せないんだから。スウェーデンの文化や伝統についてもほとんど何も知らない。わたしがふたつの文化の橋渡しをしなければならなかった。でも、この問題は彼にはさして大きなことではなかった――彼は外国人なんだから。彼のアイデンティティははっきりしてるんだから。でも、わたしは？　わたしは外国人なの？　それとも現地人なの？　イギリス人でもなければスウェーデン人でもない。わたしは自分の祖国にいてアウトサイダーだった。そういう人間をスウェーデンではなんて呼ぶのか？

よそ者《ウートレニング》！


それがわたしだった。残酷なスウェーデン語よ。どこまでも残酷なスウェーデン語のひとつね。その土地出身でない人間を指すことばよ。たとえスウェーデンで生まれ育っても、社会はわたしを外国人と見なすわけ。つまり、わたしは自分の祖国でも外国人なのよ。ロンドンでもそうだったみたいに、スウェーデンでもウートレニングなのよ。

ここでもウートレニング！

向うでもウートレニング！

どこでもウートレニング！

車の窓から外を眺めて、わたしはこの景色の淋《さび》しさを久々に思い出した。スウェーデンでは街中を出ると、そこは雄々しい自然がすべてを支配するところになる。人は恐る恐るそのへりを爪先《つまさき》立ってこっそり歩くことになる。摩天楼のようなモミの木と国全体より大きな湖に囲まれて。あなたも知ってるはずよ。その景色こそトロール伝説を生み出した景色よ。巨石のようなお腹をしていて、曲がった鼻にはキノコのようないぼのある、木こりの人食い巨人。よく読んであげたでしょ？　人間なんかその逞《たくま》しい腕でまっぷたつにへし折られてしまう巨人のお話。人間の骨の破片を爪楊枝《つまようじ》がわりにして、爆弾の破片みたいにとがった歯をせせる巨人のお話。スウェーデンの森ぐらい深くなると、そんな巨人が棲《す》んでいてもおかしくない。その黄色い眼で人間の動きを追っていても。

人気《ひとけ》のまったくない、農場までの最後の道の両脇には、荒涼とした茶色い大地が広がっていた。冬の雪はもう解けていたけれど、氷まじりの寒々とした硬い大地だった。生きものの気配はどこにもなくて、作物もトラクターも農作業者の影もなかった。静かだった。ただ、頭上では信じられないほどの速さで雲が動いていた。まるで太陽がシンクの排水口の栓で、それが地平線上で抜かれ、日光の残り滓《かす》と一緒に雲も一緒にそこに吸い込まれているみたいだった。わたしはそれほどすばやく動く空から眼が離せなくて、しばらくすると頭がぼうっとしてきた。おまけに眼がぐるぐるまわりだしたんで、クリスに車を停めてって頼んだ。気持ちが悪くなってきたって。でも、クリスは車を停めようとしなかった。もうすぐそこまで来ているのに停めるなんて馬鹿げてると言った。わたしはもう一度頼んだ、今度はもっときつい口調で。それでも、クリスはもうすぐそこまで来てるって繰り返すだけだった。だからわたしとしては、最後にはダッシュボードを拳《こぶし》で叩いて怒鳴らなくちゃならなかった、今すぐ停めてって！

ちょうど今あなたがわたしを見ているような眼でクリスもそのときわたしを見たわ。それでも、言うことは聞いてくれた。わたしは急いで車を降りると、草の生えた道端で戻した。自分に腹が立っていた。ほんとうは愉しいひとときになるはずだったのに、それを自分から台なしにしてしまって。吐き気があまりにひどくて、とてもまた車に乗る気になれなくて、クリスにさきに車で行くように言った。あとはもう少しだから、わたしは歩いていくって。それは駄目だってクリスは言った。あの人は一緒に農場に着きたかったのね。ふたりで着くその瞬間には、象徴的な意味があるということだった。それでクリスはかたつむりの速度で車を運転して、わたしはそのまえを歩くことになった。わたしは歩きはじめた、葬列を率いるみたいにヴァンを従えて。なんとも滑稽《こっけい》な光景よ。それは認めるわ。でも、一緒に農場に着こうとするなら、わたしが歩いて、あの人がノロノロ運転をする以外にどんな方法があった?

クリスはスウェーデンの施設のお医者さんに、このときのことをわたしの精神状態がおかしくなったことのひとつの例みたいに話した。嘘泣《うそ》きをしながら。あの人が今ここにいたら、そのときのことをまずまちがいなく、彼のヴァージョンで得々と話しはじめるでしょうよ、すさまじい速さで動いていた奇妙な空のことなんか抜かして。かわりに、わたしのことをスウェーデンに着いたときからおかしかったと言うはずよ。行動が不審で、精神が不安定で、弱々しかったって。それが今でもあの人が言ってることよ。悲しさを演じて、声を引き攣《つ》らせて。あの人があんな役者だったなんて誰が思った? 今はそんなことを言っていても、あの人だって最初はわたしの気持ちを理解してくれていたのよ。

なにしろ五十年ぶりなんだから。なんらかの感情が惹《ひ》き起こされて当然でしょうが。たとえそれがあのときわたしを迎えてくれた空と同じくらい奇妙な感情だったとしても。

農場に着くと、あの人は車を道路の真ん中に停めたまま、車を降りてわたしの手を取った。農場の敷地の境界線をまたぐときには一緒にまたいだ。パートナーとして。自分たちの人生の新しい章を始めようとしている愛し合ってる夫婦として。

このふたつの言いまわしは覚えていた。〝巨石のようなお腹〟も〝爆弾の破片みたいにとがった歯〟も。ぼくも母親も大好きだったスウェーデンのトロールにまつわる民話の中の言いまわしだ。本のカヴァーはなくなってしまっていて、表紙に近いページに一枚だけトロールのイラストが載っていた。奥深い森でトロールが濁った黄色い眼をおどろおどろしく光らせているイラストだ。トロールに関する本はもっと体裁がよくて、子供向けに〝消毒〟されたものもある。古本屋で母が見つけた、そのぼろぼろの古いアンソロジーはすでに絶版になっていたが、おぞましい話ばかりの本だった。そういうのが母のなにより好みの本で、寝るときにぼくは何度もその本に収められている話を聞かされた。そして、母はその本だけは自分の本棚にしまっていた。あまりにぼろぼろなので、ぼくに渡すとばらばらになってしまうとでも思ったのだろう。しかし、このこと——おとぎ話にかぎっては、よりおぞましいものを選んでぼくに読み聞かせていたこと——は母がぼくをあらゆるトラウマから守ろうとしていたことを思うと、矛盾していた。一方、それは母の埋め合わせだったのかもしれない。現実世界でぼくから奪ったものをフィクションの世界で返そうとしていたのかもしれない。

母は手帳にはさんでとめてあった三枚の写真をはずすと、ぼくのまえに並べて置いた。それはつなぎ合わせると農場の全貌《ぜんぼう》がよくわかるように撮られたパノラマ写真だった。

あなたがまだ一度も農場に来ていないのは返す返すも残念ね。あなたにも農場の様子がわかっていたら、わたしの今日の仕事もずっと簡単になってたでしょうに。もしかしたらあなたはこの景色に説明なんか要らないと思ってるかもしれない。でも、それこそわたしの敵があなたに望むことよ。だって彼らのほうは、どんなツーリストガイドにも載っていそうな、月並みなスウェーデンの田舎の描写をするはずだから。彼らはあなたにこう思わせたいのよ。最初の熱烈な思いを別にすれば、妙なところなどどこにもなく、あるとすればそれは心の病、偏執狂的性格の賜物《たまもの》だとね。でも、気をつけて。彼らがこの土地の美しさを語ることにことさら熱心なのは、美というものがよく清廉《せいれん》潔白と混同されるからよ。

この写真が撮られた位置に立ったら、あなたは信じられないほどの静けさに圧倒されるにちがいないわ。それは海底に身を置くのに似ている。そばにあるのが錆《さ》びついた難破船じゃなくて、老朽化した母家《おもや》であるところがちがうだけで。自分の頭の中の考えさえ音になって、聞こえてきそうなほどの静けさ。自分の心臓の鼓動が激しくなるのにも時々気づいたものよ。どうして激しくなるのか。それはその静けさに対する体の反応としか思えない。

この写真からではわからないと思うけど、藁葺《わらぶ》きの屋根って生きものね。ほんとうに生きてるのよ。まず苔《こけ》生《む》していて、小さな花も咲いていて、虫や鳥のねぐらにもなっている。おとぎ話の舞台の中のおとぎ話の家の屋根。でも、こうしたことばは慎重に使わないとね。なぜって、おとぎ話というのは不思議さと光だけじゃなくて、危険と闇《やみ》もいっぱい存在するものなんだから。

二百年ばかりまえに建てられてからというもの、母家の外観はまるで変わっていないんだそうよ。自分たちが現代社会に生きてることを思い出させてくれるのはただひとつ、風力発電の風車のてっぺんについている、ネズミの眼みたいな丸くて赤い小さな点。遠くにあるので、暗くなるとほとんど見えなくなったけれど、その音は陰気な四月の空の下でさらに陰気に聞こえていた。

でも、そこが一番肝心なところね。孤立しているという思いが意識の中に溶け込んでくるにつれて、わたしたちも変わった。最初はそうでもなくても、ゆっくりと徐々にね。そして最後には、国家などとは関係なく、その日暮らしをするのがとても自然なことのように思えてきた。外からあれこれせっつかれることがなくなると、お互いが相手に負った義務が改めて思い出された。通り過ぎる他人も、近くに隣人もおらず、肩越しにのぞき込んでくるような人もいない――いつまでも誰にも見られていない状態が続くと、人間、自分の振る舞い方に関する考えが変わってくるものよ。受け容《い》れられるものと受け容れられないものについての考えも。でも、一番大切なのは、人間には逃れられるものと逃れられないものがあることがわかるようになることね。

スウェーデンの様子を語る母の口調が哀調を帯びていることには別に驚かなかった。母の帰国がなんの屈託もない喜びをもたらすものでないことは初めからわかっていた。母は十六のときに自分の家族から逃げ出していた。その逃亡は長く続いた。ドイツ、スイス、オランダを経て、子守りやウェイトレスとして働き、床の上に寝て、イギリスで父と出会うまで。もちろん、今回が母の初めての帰国ではなかった。これまでぼくたち家族は休暇で何度もスウェーデンを訪れていた。ただ、島や湖の近くにコテージを借りることが多く、街中で一日以上過ごしたことは一度もなかった。それはひとつには旅費を抑えるということもあったが、おもに母が自然の中で過ごしたがったからだ。だから滞在して数日で、コテージは野生の花を挿したジャムの瓶でいっぱいになり、ボウルというボウルに野イチゴが貯められた。母の親戚に会ったことは一度もなかった。ぼくは母と父と三人だけで過ごすことになんの不満もなかったが、それでもナイーヴきわまりなかった当時のぼくにさえ、ほかの人たちが誰もいないことの淋しさは察知できた。

母はまた手帳に戻ると、どこか苛立っているようにページをめくった。

正確な日付は覚えていないけれど、確か向こうに移って一週間ぐらいした頃のことよ。そのときにはこんなに詳しく記録する習慣なんてわたしにはなかった。それは自分の言うことを疑われるなんて――大人の注意を惹きたくて、つくり話をする夢見がちな子供みたいな扱いをされるなんて――思いもしなかったからよ。この数ヵ月のあいだに、わたしは多くの屈辱を経験したけれど――その中には手足を縛られるというのも含まれるけれど――一番ひどいのはわたしが話をしているときに、相手の眼に不信の色が浮かぶのを見ることよ。聞いてあげますからお話しなさい。でも、信じてはいませんから。

農場に住みはじめた最初の一週間は、クリスの精神状態が心配だった。わたしの精神状態じゃなくて。あの人は街中にしか住んだことのない人よ。だから最初は慣れるのに悪戦苦闘していた。それに、向こうの四月はわたしたちが思っていたよりはるかに寒かった。地元の人は、冬がいつまでもがんばって春がやってこられないことを〝鉄《アイアン》の夜《ナイト》〟なんて呼んでいた。地面にはまだ氷が残っていて、日中でも寒々としていて、また太陽もすぐに沈んでしまって、そのあと厳しい夜が長々と続くわけ。クリスはそんな気候にまず気を滅入《めい》らせてしまった。そのことでわたしは自分が責められてるような気分になった。現代の暮らしの快適さとは無縁の場所に、彼が馴染《なじ》んでるあらゆるものから遠く離れたところに、彼を連れてきた責任はすべてわたしにあるような気分に。実際にはふたりで決めたことなのに。それも自分たちの生活を立て直すための必死の手段として決めたことなのに。選択の余地などなかったのに。わたしたちは新しい土地に来る以外ほかに方法はなかったのに。その農場をすぐにまた売れば、イギリスであと二、三年過ごせるぐらいのお金にはなったでしょう。でも、そのあとはもう何も残らない。

ある日の夕方のことよ。わたしは彼の落ち込みにほとほとうんざりしていた。農場の母家はそれほど大きくはなくて、天井も低くて、壁はぶ厚くて、部屋も狭いから、わたしたちはずっと一緒にいた——ひどい天気のせいで、室内に囚《とら》われたようになっていた。セントラルヒーティングなんてものはなくて、キッチンに錬鉄製のオーヴンがあって、それでパンを焼いたり、料理したり、お湯を沸かしたりするのだけれど、それが部屋の心臓みたいなものだった。クリスは寝てないときには手をまえに差し出して、そのオーヴンのまえにただじっと坐っていた。心底疲れたみたいな顔をして。わたしはもう我慢ができなくなった。そんな不機嫌なろくでなしになるのはもうやめてって怒鳴って、家を飛び出してドアをバタンと閉めた——

母が父に怒鳴っている光景が眼に浮かんだ。それが顔に出てしまったのだろう。

ダニエル、そんなに驚かないで。あなたのお父さんとわたしだってそりゃ言い合いぐらいするわよ。そんなにしょっちゅうじゃないけど。定期的にそういうことが起きるわけでもないけど、世間の普通の夫婦並みにわたしたちだって喧嘩《けんか》ぐらいするわよ。ただ、あなたには聞こえないようにしていただけで。あなたはとても繊細な子供だったから。わたしたちがあなたのまえで声を荒らげたりしてたら、あなたはいったい何時間動揺してたでしょうね。眠れなくなったり、ものを食べなくなったりしてたでしょう。一度、わたしが朝食のときにテーブルを叩いたことがあったけど、そうしたらあなたはわたしの真似《まね》をした。そして、そのあと自分の頭をちっちゃな拳で叩きはじめたのよ。わたしたちはそんなあなたの手を押さえつけなければならなかった。そのことからすぐわたしたちは自分たちの感情を抑えることを学んだわけよ。あなたのまえでは言い合いはしないようにして、貯め込んだ感情はあなたがいないときに爆発させることにしたのよ。

ほんの短い脇台詞《わきぜりふ》で、母はぼくが抱いていた自分の家族像を粉々にした。自分の振る舞いについては記憶がなかった——両親が見せた怒りに刺激されて、自分の頭を叩いたり、ものを食べなくなったり、眠れなくなったりしたなどまるで覚えていなかった。おだやかな家庭というのは、父と母が自ら進んで立てた誓いだとばかり思っていた。が、事実はそうではなかった。両親はぼくを守るためにそうせざるをえなかったのだ。それもそれが最善策だと思ったからではなく、ぼくがおだやかさを求めたために。まるでおだやかさこそぼくが存在するための必須《ひっす》条件でもあるかのように。食べものや温《ぬく》もりと同レヴェルの。わが家がサンクチュアリたりえたのは、両親の強さとともにぼくの弱さによるものだった。ぼくの手を取って母が言った。

「あなたのところに来たのはまちがいだったかもしれない」

ぼくにはこの現実に対処することができないのではないか。この期《ご》に及んで母はそんなことを心配していた。それも無理はない。実際、数分前までぼくはもう話なんかやめて、黙ってくれと母に頼みたい衝動を覚えていたのだから。

「いや、母さん、ぼくは聞きたい――心の準備はできてるから」

不安を隠して、ぼくは母を促した。

「母さんは父さんを怒鳴りつけた。そして、家を出た。ドアをバタンと閉めた。そのあとどうなったの？」

ぼくのほうから水を向ければ母がすぐにまた話に戻ろうとするのは、よくわかっていた。実際、自分の主張をぼくに伝えようとする気持ちの強さに押され、話を進めれば進めただけ、母のぼくに対する疑念が薄れていくのが手に取るようにわかった。ぼくと母の膝《ひざ》と膝が触れた。それこそ陰謀を共有しようとするかのように母は声をひそめて言った。


わたしは川に向かった。川はわたしたちの地所の中で最も大切な場所のひとつだった。いくら自給自足と言っても、現金が要らないわけじゃない。自家発電していたわけじゃないし、税金だって払わなくちゃならない。その問題に対するわたしたちの答がサーモンだった。夏にはサーモンを食べて冬用に燻製《くんせい》にする。魚屋に売ることもできる。でも、わたしはサーモンに関してはそれだけじゃない可能性を見ていた。わたしたちの農場にはいくつか離れ家があって、もともとは馬屋か牛小屋として使われていたものだけれど、人が寝起きできる建物に簡単に改築できそうな建物だった。そうするには最低限、専門家に頼まなければならない部分もあるでしょうけど、クリスもわたしもそういう大工仕事はお手のものよ。それが完成すれば、農場をレジャー施設にすることもできる。新鮮な素材を使った料理にすばらしい景色、それにスコットランドやカナダなんかと比べたら格安で世界一美しいサーモンが獲れるかもしれないとなれば、こんな辺鄙《へんぴ》なところにだって人はやってくるかもしれない。それほど大切な資源なのに、農場に着いた頃のクリスは川に近づこうともしなかった。荒涼としすぎてるなんて言って。わたしたちの計画がどんなに可能性に満ちたものか考えようともしなかった。こんなところにやってくる人なんかいないよ。それが彼の言い種《ぐさ》だった。確かにわたしたちが来たときには、絵はがきみたいなところだったとは言わないわ。それはわたしも認める。川の土手には膝ぐらいまでの丈の草が生い茂っていた。わたし自身、あんな大きなナメクジなんかそれまで見たこともなかった。わたしの親指ぐらいの太さがあるのよ。でも、そこに可能性があった。そして、その場所はわたしたちの愛を求めていた。

川べりに小さな浮き桟橋がひとつあった。四月のことで、葦《あし》がいっぱいからまっていたけれど、空にはまだぼんやりと光が感じられる中、わたしはそこに立った。くたびれて孤独だった。でも、しばらくして気を取り直すと、心に決めた。ここで泳ぐことで、この川がビジネスに利用できることを高らかに宣言しようって！　わたしは服を脱いで裸になると、脱いだ服をその場にまとめて水の中に飛び込んだ。水はものすごく冷たかった。でも、水面に顔を出して息をすると、わたしは狂ったように泳いだ。体を温めたかった。それでもすぐにまた泳ぐのをやめた。向こう岸の低い木立ちの枝が動いているのが見えたの。風のせいじゃなかった。木のてっぺんはそよとも動いてなかった。何かほかのもの――そう、誰かがわたしを見てたのよ。木の枝にしがみついて。自分ひとりしかおらず、しかも裸で、わたしは無防備なことこの上なかった。この距離だと、わたしが叫んでもクリスには聞こえない。向こう岸の木立ちの枝がまた揺れた。木を掻《か》き分けて、わたしのほうに向かってきていた。わたしはできるだけ速く泳いでそこから離れようと思った。でも、体が言うことを聞いてくれなかった。わたしはその場にいつづけた。枝の動きが近づいてくるあいだも、ただ足で水を蹴《け》りつづけた。でも、動いているのは枝じゃなかった！　枝に見えたのは巨大なヘラジカの角だったのよ！

スウェーデンに住んでいたときでもヘラジカをこんなに近くで見たことはなかった。わたしは水をはねかしたりしないよう、音をたてたりしないよう気をつけた。ヘラジカは手を伸ばせばその首に腕をまわせて、その背にまたがることができるくらいそばを通り過ぎた。あなたに読んであげた物語に出てきたわね。森のお姫さまがその銀色の長い髪を月明かりに輝かせて、裸でヘラジカの背にまたがるお話。いずれにしろ、そのときわたしは感嘆の声をあげたのにちがいない。ヘラジカがくるりとうしろを向いてその顔をわたしのほうに向けたのよ。そして、その黒い眼でわたしの眼をのぞき込むようにじっと見つめたの。温かい息がわたしの顔にかかった。膝のあたりで水が激しく攪拌《かくはん》されているのがわかった。ヘラジカもその逞しい肢《あし》を一生懸命動かしていたのね。そこで鼻をブルッて鳴らすと、わたしたちの農場がある側の岸に向かって泳ぎだした。そうして浮き桟橋の脇から陸《おか》に上がった。そこでそのヘラジカの大きな全身が見えた。まさにこの地の王だった。体を震わせて水を払うと、また森のほうに歩きだした。その全身から湯気が立っていた。

わたしは川の水の中にそのあと数分居残った。足をずっと動かしていなければならなかったけれど、もう寒くはなかった。わたしはこっちに移ったのは正解だったと固く確信した。この農場にわたしたちがいることがとても理に適《かな》ったことに思えた。自分たちはここに属している。そういう思いが胸の底から湧《わ》いてきた。わたしは眼を閉じて、何千というサーモンが鱗《うろこ》を輝かせて、わたしのまわりを泳いでいるさまを想像した。

母はショルダーバッグの中に手を入れてナイフを取り出した。ぼくは反射的に身を引いた。そのぼくの反応を心配するように母は言った。「驚かせてしまった？」

それはむしろ非難だった。なんの予告もなくいきなりナイフを取り出したのも、ぼくを試すテストだったのだろうか？　さきほどいきなり部屋から出ていったのと同じようなな。このあと挑発されるようなことがあっても気をつけるよう、ぼくは心にとどめた。母はナイフの刃のほうを持つと、ぼくのほうに柄を向けて言った。

「持って」

それは刃の部分を銀色に塗って、金属に見えるようにした木のナイフだった。何かが切れるとも思えない人畜無害な代物《しろもの》だった。ただ、柄には凝った彫刻が施されていて、一方の面には岩場のそばの湖水に浸《つ》かって、水浴びをする裸の女が描かれていた——一本の短い切れ目を入れて性器まで描かれていた。もう一方の側には、喘《あえ》いでいる犬のように舌を垂らしたトロールの顔が彫られていたが、その鼻がおどけたタッチになっていた。グロテスクな男根の形をしていた。

たぶんあなたも知っていると思うけれど、それがスウェーデンの田舎の典型的なユーモアなのよ。農夫がそういうものを木で造るの。男が小便をしていて、その小便が細い弧を描いてるやつとか。その手の類《たぐ》いね。

そのナイフを手のひらの上で裏表にしてみて——

こんなふうに——

もっと速く！　そうすると、彫られた像が同時に見えるでしょ？　トロールが女を見てものほしそうにしているのに、女のほうはそれに気づいていないといったふうに——ふたつの像がぼやけてくるでしょ？　このことが意味するところは明確よ。女が危険に気づいていないという事実に、トロールの欲望がさらに高められるという……

そのナイフは贈りものよ。とても変わった贈りもの。あなたもそう思うでしょ？　でも、近所の人と初めて出会ったときにその人がわたしにくれたのよ。その男の人はわたしたちの農場から歩いてほんの十分ほどのところに住んでいるのに、その人に会ったのはわたしたちが引っ越してから二週間も経《た》ってからのことだった――二週間ものあいだ、近所の人からは誰ひとり挨拶《あいさつ》をされなかった。無視されていたのよ。わたしたちには近づかないようにという指示が出ていたのね。ロンドンじゃ隣人同士で話をしなくたって、そんなのは珍しいことでもなんでもない。でも、スウェーデンの田舎で匿名《とくめい》でいるなんてありえない。そんなふうに暮らしていくなんてとてもできることじゃない。あの地域に腰を落ち着けるつもりなら、地域社会全体の合意が要る。田舎の片隅で自分たちだけすねているわけにはいかない。だから、そういうことについてはまえもって考えてあった。まえの所有者――勇敢なセシリア――からこんなことを言われていたのよ。わたしたちの土地の一部を地元の農民に貸すという手もあるって。地代は名目ばかりのものになるでしょうけど、でも、わたしたちにはつくれない作物をわたしたちに分けてくれるかもしれない。わたしにはそんな地元の人を説得する自信があった。

二週間というのはもう充分すぎる期間だと思って、わたしはある朝起きると、クリスに言った、向こうからこっちのドアを叩く気がないならこっちから叩きにいきましょうって。その日の服装には特に気をつけて、コットンのパンツ姿で行くことにした。ワンピースなんかを着ていって、肉体労働には向かない人間だなんて思われたくなかった。同時に貧乏であることを明かすつもりもなかった。自分たちの経済的な問題をさらそうとは思わなかった。真実はわたしたちを哀れな人間に見せると同時に、そのことは彼らにとっては侮辱になるかもしれない。ほかにはどこにも行けるところがなくて、しかたがなくてここに引っ越してきたなんて思われるかもしれない。一方、地域社会への入場券をお金で買おうとするタイプみたいな印象を与えるわけにもいかない。わたしはとっさの思いつきで家の脇に掲げていた小さなスウェーデンの国旗を取ってきて、それをバンダナがわりにして、髪をうしろで結ぶのにその国旗を使った。

クリスはわたしと一緒に行くことを拒んだ。彼はスウェーデン語が話せない。だからわたしの横に立って、わたしに通訳をしてもらうというのはプライドが許さなかったのね。正直に言うと、わたしはそのことを歓迎した。第一印象というのはとてもとても大切なものよ。スウェーデン語をひとことも話せないイギリス人を温かく迎え入れてくれるかどうか、わたしには自信がなかった。わたしは地元の人たちに、自分たちが土地の伝統の価値を無視するような外国の都会人ではないことをまず証明したかった。それとわたしは待ちきれなかった。わたしが流暢《りゅうちょう》なスウェーデン語を話して、実は今度移ってきたのと同じようなスウェーデンの田舎で生まれ育ったことを得意げに明かしたときに、彼らの顔がぱっと明るくなるのを見るのが待ちきれなかった。

わたしたちの農場に一番近い農場は、地元で一番広い地所を持っている地主の農場で、セシリアがわたしたちに土地を貸すのもいいと言ったのは、この地主をあてにしてのことだった。だから、まずその人のところを訪ねるのが得策に思えた。歩いていくと、巨大な豚小屋に出くわした。窓のない建物で、寒々とした鉄の屋根から、細くて黒い煙突が突き出ていて、豚の糞《ふん》と豚を太らせるための化学薬品のにおいがした。集約農業に関する心配はまだこの地域には及んでないんだろうって思ったわ。さらに悪いことに、クリスは自分はヴェジタリアンとしてなんか生きていけないときっぱり言っていた。実際のところ、わたしたちの食卓にはほんの少しのタンパク質しか供されず、銀行にお金があるわけでもない以上、サーモン以外の肉の供給源がここしかないとなれば、その選択肢を食品衛生の優等生みたいな理由から狭めることはできなかった。そんなことを言いだせば、高位者ぶった、小うるさい人間に——なにより悪いことに——よけい外国人みたいに見えるだけなんだから。

その家は砂利を敷いた長い私道の奥に建っていた。正面の窓はすべて豚小屋のほうを向いていて、それはほかの側に原っぱと林があることを思うと妙なことだった。二百年も昔に建てられたわたしたちの母家とちがって、もとの家を取り壊して、新しく建て直されたモダンな家だった。モダンと言っても、ガラスとコンクリートと鉄骨の塊みたいなものじゃなくて、伝統的な形をした二階家だったけれど。薄いブルーの木の外装仕上げで、ヴェランダがあって、屋根はスレート葺きだった。現代的な利便性を採用しながら、外観は伝統的なものに見せようとした造りよ。わたしたちの母家は、欠陥があちこちにあっても、外観はこの家よりずっと魅力的な、模造品ではない、伝統的で代表的な本物のスウェーデンの建築物だった。

ノックをしても返事はなかった。でも、私道にはピカピカのサーブ——サーブもうスウェーデンの会社ではなくなってしまったけど――が停まっていた。家の中にいないだけで、畑仕事にでも出てるんだろう。そう思って、わたしは地所内を探索することにした。そして、その圧倒的な広さに驚いた。まさに農業の王国で、わたしたちのささやかな農場の五十倍はありそうだった。川に近づくと、ゆるやかな斜面に出くわした。きれいな景色の中のしみみたいに、平地に一個所だけ隆起してる場所があり、草に覆《おお》われていた。といっても、自然の丘じゃなかった。人が造ったもので、小さな丘の下に退避小屋の屋根が見えた。形は戦時中のロンドンで造られた防空壕《ごう》や、アメリカの竜巻避難所に似ていなくもなかった。豚小屋の屋根に使われていたのと同じ鉄で造ったドアがあって、南京錠《ナンキンじょう》がはずされたまま掛かっていた。わたしは勇気を奮い立たせて、そのドアをノックしてみた。人が動いた気配があって、すぐにドアが開けられた。そのとき初めてわたしはホーカン・グレッグソンと面と向かい合ったのよ。

母は手帳から新聞の切り抜きを取り出すと、じっと見つめてから、ひびのはいった爪《つめ》で線を引くようにしてホーカン・グレッグソンの顔写真を指し示した。見覚えのある顔だった。母がメールで写真を送ってきた男だ——父と話をしている見知らぬ男だった。

地元ではたいていの人が購読してる新聞〈ハッランズ・ニュヘテル〉の一面に載った写真よ。わたしたちには余裕がないんで、一度は購読を断わったんだけれど、そうしたらあれこれ噂《うわさ》されてしまった。地元の文化を馬鹿《ばか》にしてるとかなんとか、悪意に満ちた噂よ。だから、購読するほかなかった。クリスは怒り狂ったけど、まわりに溶け込むにはこういう代償もしかたないんだって、わたしは彼を説得した。それはともかく、あなたにこれを見せるのは、わたしが対決しようとしている男がどれほどの力を持った男かわかってほしいからよ。

ホーカンはすべての中心にいる男よ。

彼の右側にいるのが、将来、キリスト教民主党の党首になることさえ噂されてるマリー・エークルンド。手厳しい女性よ。いつかは偉大な政治家になることでしょう。〝偉大〟というのは〝立派〟ということじゃなくて、ただ政治家として成功するでしょうってことだけど。そういう人物だから当然、彼女はわたしを見捨てた。わたしは彼女のところに訴え出たのよ。ものすごく重大な局面を迎えたときに。でも、彼女のオフィスはわたしを拒絶した。彼女はわたしに会おうとさえしなかった。

ホーカンの左側にいるのは、わたしの農場から一番近い海辺の市《まち》、ファルケンベリの市長よ。クリストフェル・ダールゴード。朗らかは朗らかなんだけれど、それが度を越してるんで、真意を疑わないわけにはいかないような男ね。どんなジョークを言っても大きすぎる笑い声をあげる男。人の意見に関心を持ちすぎるところもある。でも、マリー・エークルンドとちがって、野心はあまりない。現状を維持することで満足してる。それでも、現状を維持するというのも上をめざすのと同じくらい強い動機になるわ。それは大いにありうることよ。

そして、最後がホーカン。ハンサムな男よ。それは否定しない。実際に会ってみると、もっとそれがよくわかる。背が高くて肩幅が広くて、肉体的にもものすごくパワフルな男よ。肌も強そうで、よく日に焼けてる。彼の体にヤワなところはどこにもない――弱いところはどこにも。お金持ちだから、何人も人を雇って、退廃的な皇帝みたいな暮らしを送ることだってできるでしょうに。自分は何もしないで、ヴェランダからあれこれ指図することも。でも、それは彼のやり方じゃない。夜明けとともに起き出して、夕暮れが来るまで仕事をやめない。実際、面と向かうと、彼にいくらかでも弱点があるなんて想像すらできない。だから、捕まえられたら最後って思わなくちゃならない。もう五十だけど、若者並みの強壮さと年配の男の狡猾《こうかつ》さを備えた男よ。これは危険な組み合わせね。わたしは初めて会ったそのときから威圧された。

彼が地下の退避小屋から出てくると、わたしは慌《あわ》てて自己紹介をした。こんなふうに――〝こんにちは、ティルデといいます。お会いできて光栄です。ここから少し行ったところに引っ越してきた者です〟。ええ、もちろん緊張してたわ。そのせいで早口でしゃべりすぎた。でも、しゃべりながら思い出したのよ、スウェーデンの国旗なんかを髪に巻いていることに。なんて馬鹿な！　そう思ったわ。それで女学生みたいに顔を赤くして、口ごもった。そうしたら彼はどうしたと思う？　この世で一番残酷な応対というものを考えてみるといい。

それまで母はいわゆる修辞疑問形でぼくに何度か尋ねていた。が、今はぼくの答を待っていた。これもテストなのだろうか。ぼくに残酷というものが想像できるかどうか。いくつか思いつかないでもなかった。しかし、それはどれもただの思いつきで根拠がなかった。ぼくとしてはこう答えるしかなかった。「わからない」

ホーカンは英語で返事をしてきたのよ。わたしは恥ずかしくなった。きっとわたしのスウェーデン語はちょっと古くさくなっていたのね。でも、わたしたちはふたりともスウェーデン人よ。なのにどうして外国語で話さなくちゃいけないの？　わたしはスウェーデン語で話しつづけようとした。でも、彼はスウェーデン語では話そうとしなかった。わたしはどうしていいかわからなかった。失礼な真似はしたくなかったから。思い出してね。この時点では、わたしはこの眼のまえの男と近所づきあいをしたかったんだから。だからわたしも英語で話すことにした。わたしがそうするなり、彼は笑みを浮かべた、勝ち誇ったように。そのあとはスウェーデン語を話しだし、わたしがスウェーデンにいるあいだずっと一度も英語を話すことはなかった。

そんな侮辱などまるでなかったみたいに、彼はわたしをその退避小屋の中に入れてくれた。そこは作業場だった。床には鉋《かんな》くずが散らかり、壁には鋭利な工具が掛かっていた。置けるところにはほとんどどこにも木を彫ってつくったトロールが置かれていた。それが何百もあった。彩色されているのもあれば、未完成のものもあった――顔が彫られるのを待って、長い鼻をのぞかせている丸太もあった。これはどれも売りものじゃないってホーカンは言った。どれもプレゼント用のものだって。ここから二十マイル以内にある家ならどの家にも少なくともひとつは自分がつくったトロールがあるって自慢もした。親しい友達の中にはトロールの一家を飾ってるところもあるって。彼が何をしてるのかわかる？　それらの木のトロールをメダルにしてるのよ。信頼できる盟友に授与するメダルに。だから、どの農場のそばを自転車で走ってもその母家の窓には、トロールが見られた。ひとつ、ふたつ、三つ、四つ――父さん、母さん、娘、息子のトロール一家がそろっていたら、それはホーカンから授かった一番の栄誉ということになるわけ。さらに彼への忠誠を示す証《あか》しにも。

わたしはそんなトロールはもらえなかった。かわりにそのナイフを手渡されて、スウェーデンにようこそって言われた。わたしはその贈りものにはあんまり注意を向けなかった。それより彼のことばが気になった。自分の国に戻ってきたのに、ようこそなんて言われるなんて。わたしはお客じゃないのに。だから、そのときはナイフの柄の彫刻には気づかなかった。トロールじゃなくてどうしてナイフだったのかということについても何も考えなかった。でも、それはもう明らかかね――彼はわたしたちの家の窓にトロールを飾らせたくなかったのよ。わたしたちも友達なんだって近所の人たちに誤解されたくなかったのよ。

小屋の中を案内されて、わたしは奥にもうひとつドアがあることに気づいた。そのドアには見るからに頑丈そうな南京錠が掛かっていた。そのときにはそんなところに鍵《かぎ》のかかるドアがあるなんて変な気がしたけれど、実のところ、その二番目の部屋はとても重要な部屋だった。そのことは覚えておいて。玄関のドアに鍵があるのにどうしてそんなところにも鍵が必要なのか。そのことはあなたも自分で考えてみて。

ホーカンは彼の家の私道のところまでわたしと一緒に歩きながら、家の中には入れてくれなかった。コーヒーでもどうかとも言ってくれなかった。むしろ自分の土地からわたしが出ていくのを見届けたかったのね。だからわたしは歩きながら、土地を貸す件――わたしたちの土地を貸すかわりに肉をもらうというアイディアを持ちかけざるをえなかった。すると、彼にはまた別の考えがあるようだった。

「あなたの土地を私が全部買い上げるというのはどうだろう、ティルデ？」

わたしは笑わなかった。彼がジョークを言っているとはとても思えなかったけれど、実際それは真面目《まじめ》な申し出だった。でも、どう考えてもすじの通らない申し出だった。どうしてセシリアから直接買わなかったのか。わたしはその疑問を彼に素直にぶつけてみた。そうしたら、買おうとしたんだって言った。わたしたちが買った二倍の額を提示したんだって。その三倍だって彼は言ったそうよ。どうして？

ってわたしは尋ねた。そうしたら、そういう話はわたしにはきっと面白くないだろうって彼は言った。それはともかく、同じ申し出をわたしにもするって言った。わたしたちが払った額の三倍を出してもいいって。それでわたしたちはほんの数ヵ月で自分たちのお金を三倍にできるわけよ。彼はわたしが何か答えるまえにつけ加えた――農場での暮らしというのはときに大変なものになる、このことは旦那《だんな》さんとよく相談するといい。まるでわたしがただの使い走りみたいに。

ひとつはっきりさせておくわね。そのやりとりをするまで苦労と困難があったのは事実よ。でも、謎《なぞ》はなかった。そのやりとりのあと、わたしは疑問に苛《さい》まれるようになった。その疑問のために夜も眠れなくなった。どうしてセシリアは自分の農場を現地にはなんのゆかりもないよそ者夫婦に売ったのか。近隣で一番の大地主で、長いつきあいの隣人で、地域社会の実力者が彼女の土地を欲しがっていて、しかもわたしたちが払った額よりはるかに多い額を喜んで払うと言っているのに。

母と真実のあいだにはなんの障害物もない。ぼくはそう思って尋ねた。

「だったらセシリアに電話して、本人に訊《き》けばいいんじゃない？」

　あなたが今言ったとおりのことをしたわ。家に急いで帰って老人ホームに電話した――セシリアは自分がはいるヨーテボリの老人ホームの電話番号を教えてくれてたの。でも、簡単な質問ひとつで謎が解決するって思った？　だったらそれは大まちがいよ。セシリアのほうがわたしからの電話を待っていた。そして、彼女のほうからいきなりホーカンのことを訊いてきたの。それで、ホーカンがわたしたちの農場を買いたいって言ってきたことを伝えたら、彼女は怒りまくった。彼女が農場をわたしたちに売ったのはわたしたちに売りたかったからであって、わたしたちが手っ取り早く儲《もう》けようとして土地を売ったりしたら、それは彼女に対するひどい裏切りになるって言った。でも、これでひとつはっきりしたわけよ。どうして彼女は不動産屋に、買い手は地元の人じゃない人にするように指示していたのか。どうして彼女は車で一時間以上も離れてるヨーテボリの不動産屋に仲介を頼んだのか。彼女は地元の不動産屋をまるで信用してなかったのよ。彼女は買い手の身元調査まですることを主張した。それはそうやってわたしたちの経済状態を調べて、転売する心配がないことを確かめたかったからなのよ。わたしは彼女に尋ねたわ、どうしてホーカンには売りたくなかったのかって。そのときのやりとりは今でも正確に覚えている。セシリアはわたしに懇願までした。

「ティルデ、どうかわたしの農場をホーカンのものにしたりなんかしないで」

「でも、どうして？」ってわたしは訊いたわ。

彼女はその点はつまびらかにしようとしなかった。そんなセシリアとの電話を終えると、わたしは本人が教えてくれたホーカンの番号にかけた。呼び出し音が鳴ってるあいだはおだやかに、丁重に礼儀正しく話そうと思っていた。でも、彼の声が聞こえるなりわたしは断固として宣言していた。

「わたしの農場は売りものじゃありません！」って。

このことについては、わたしはクリスに話しもしなかった。

キッチンにはいってくると、クリスは胸くその悪くなるようなホーカンの木のナイフを取り上げて、裸の女を見た。セックスに飢えたトロールも見た。そして、くすくす笑った。ホーカンの申し出のことを彼に話さなくてよかったって、わたしはつくづく思った。そのときのクリスの精神状態はまるで信用できなかったから。話していたら、彼はきっと売っていたでしょう。

その三日後、わたしたちの家の水道水が茶色になった。澱《おり》のようなものが混じり、汚い泥水みたいになった。とにかく辺鄙《へんぴ》な田舎だから、水道設備なんか整ってなくて、水はみんなそれぞれ自分たちの井戸から汲《く》み上げてる。だから、専門家に頼んで新しい井戸を掘ってもらわなくちゃならなかった。なけなしの貯金の半分を使って。クリスはわたしたちの不運を心底嘆いた。わたしのほうはこれがたまさかの不運なのかどうか釈然としなかった。あまりにタイミングがよすぎたし、あまりに疑わしかった。もちろん、そのときには何も言わなかったけれど。クリスをよけいパニックに陥《おとしい》れたくなかったし、証拠があるわけでもないんだから。いずれにしろ、わたしたちのお金は冬までもたないかもしれないという事実は避けて通れない。わたしたちとしては農場に利益を生ませる計画を早める必要があった。生き残りたいなら。

　母は両手を使ってショルダーバッグから錆《さ》びついた鉄のケースを取り出した。大きさはビスケットの缶ほどで、見るからに古そうだった。これまでのところバッグから出てきたものの中で一番大きかった。

　業者が井戸を掘ると、地中数メートルのところからこんなものが出てきたのよ。クリスとわたしは掘られる穴のそばに立って作業を見ていた。まるでお葬式みたいに。貯金の半分にさよならを告げながら。そうしたら、業者がけっこう深く掘ったところで、何か光るものが見えたのよ。わたしは手を振って、掘るのをやめるように業者に大声で叫んだ。業者はわたしの声の激しさに気づいてドリルを止めた。わたしはクリスに止められるまえに穴に飛び降りた。馬鹿なことをしたものよ。下手をすれば死んでいたかもしれないんだから。でも、そこに見えたのがなんなのにしろ、わたしはなんとしてもそれを取り上げたかった。この鉄のケースを抱えて穴から出てくると、みんなに非難された。ケースのことなんか誰もなんとも思っていなかった。わたしはひたすら謝るしかなかった。まさに平身低頭で家の中に引き下がると、わたしはこっそりそのケースの中身を確かめた。

蓋《ふた》を開けてみて――

中を見て――

それはその日にわたしが見つけたものじゃないけど。説明させて。中にはいっていたのは何かが書かれた紙だった。それと同じような。でも、今そこに書かれていることが書かれていたわけじゃない。見てわかるとおり、鉄のケースは錆びてところどころひび割れている。だから、水がはいって紙に書かれた文字のインクはとうの昔に消えてしまっていた。判読できたのはほんの数語しかなかった。でも、たぶん法律文書よ。もしかしたらすぐに燃やしてしまうべきだったのかもしれない。でも、わたしたちが買った農場の歴史に関わるもののように思えて、そんなに簡単に廃棄してしまうのは、なんだかよくない気がしたの。だから、すべてもとに戻すと、シンクの下にしまっておいた。わたしが今から言うことはとてもとても大切よ――そのあとわたしはその書類のことはもう何も考えなかった。

今言ったことをもう一度言わせて。なぜって、わたしにはあなたにそのことの意味がきちんと伝わったかどうかよくわからないから――

ぼくはむしろ協調の精神で口をはさんだ。

「そのあと母さんはその書類のことはもう何も考えなかった」

母は嬉《うれ》しそうにうなずいた。

「外に戻ると、わたしがそれまで立っていたところにホーカンが立っていた。彼がわたしたちの農場にやってきたのはそれが初めてだった——」

「母さんたちの井戸に細工をしたとき以外。そういう意味だね？」

母は、ぼくのそのことばを細かな指摘というよりぼくが真剣に母の話を聞いていることの証しと理解したようだった。

でも、わたしは自分の眼で見たわけじゃない。だから、彼がわたしたちの農場にいるのを見たのはそのときが初めてだった。でも、そう、あなたの言うとおりよ。わたしたちの井戸がおかしくなったのはあの人が自分でやったか、誰か人を雇ってやらせたことよ。いずれにしろ、その日の彼の態度は大地主のそれだった。他人の土地じゃなくて自分の土地の見まわりにきたような態度だった。そんな彼のすぐ横にクリスが立っていた。ふたりはそれまで一度も会っていなかった。わたしはホーカンに対してクリスもまた用心と不信をあからさまに感じていることを期待して、ふたりに近づいた。用心も不信もなかった。ホーカンにどれほど嫌な思いをさせられたか、そのことはもう話してあったのに。なのに、クリスは英語が話せる友達ができそうなことに有頂天になっていた。有頂天になりすぎて真実が見えなくなってしまっていた――この男はわたしたちを破滅させようとしているのに。わたしたちの計画に対する質問に嬉しそうに答えてるクリスの声が聞こえた。ホーカンは偵察にきたのに！ ふたりはわたしが近づいても気づかなかった。いいえ、それはちがうわね。ホーカンはしっかりわたしに気づいていた。

ようやくホーカンがわたしのほうを振り向き、そのとき初めて会ったようなふりをして、友好の証しにとばかり、彼の地所を流れる川の畔《ほとり》でおこなわれるその夏初めてのバーベキュー・パーティにわたしたちを招待してくれた。そればかりか、今年はわたしたちの歓迎パーティにしたいと言った。どこまでわたしたちを馬鹿にしてるの！　何週間もわたしたちを無視して井戸を汚しまでした挙句、わたしたちの歓迎パーティだなんて！　クリスはその招待を額面どおりに受け取った。ホーカンの手を取って握手しながら、パーティをとても愉《たの》しみにしているなんて言った。

帰る段になると、ホーカンはわたしに、歩きながらパーティのことを少し詳しく話したいと言って、ゲストはそれぞれ何か料理を持ち寄るのがこのあたりでは習慣になっていると説明した。そういうことはよく知っていたので、わたしはそのとおり答え、何を持っていけばいいか尋ねた。彼はあれこれ考えるふりをしたあと、できたてのポテトサラダはどうかと言ってきた、だいたい常に人気がある料理だからと。わたしは同意して、何時に行けばいいか尋ねた。料理を食べるのは三時からにしようと思ってる、というのが彼の答だった。わたしは招待に改めてお礼を言って、道路に向かうホーカンを見送った。すると彼は数歩、歩くと、ちらりとうしろを見やって、こんなことをした——

母は唇のまえで人差し指を立てた。騒がしい利用者を黙らせる図書館の司書のように。その仕種《しぐさ》はまえにもしていた。が、今はホーカンがしたこととして示しているのだった。その偶然に興味を覚えながらもぼくは尋ねた。
「母さんをからかったの？」

わたしを馬鹿にしたのよ！　その日のやりとりは茶番だったのよ。彼の招待は親切心からでもなんでもなかった。罠《わな》だったのよ。そして、その罠はパーティの日に弾《はじ》けた。わたしたちは三時前に家を出ると、川沿いを上流に向かった。道路を歩くより気持ちがよかったから。ちょうど三時に着いたので、まちがいなくわたしたちが一番最初のゲストだろうって思った。でも、実際にはちがっていた。着いたときにはもう宴たけなわといった雰囲気だった。五十人ほどの人が集まっていて、それもみんな着いたばかりというふうには見えなかった。

バーベキューセットにはすでに火が入れられ、食べものもすでに調理されていた。手づくりのポテトサラダの容器を持って、そんなにぎやかさのへりに立ってるわたしたちは、とことんまぬけに見えたはずよ。みんなが持ち寄った料理をのせるテーブルにホーカンがわたしたちを案内するまでしばらくのあいだ、誰もわたしたちに挨拶をしてこなかった。ポテトサラダを持って遅れてのこのこやってきた新参者の夫婦。わたしとしてもそんな第一印象だけは誰にも与えたくなかったので、時間をまちがえたんだろうかってホーカンに尋ねた。時間をまちがえたのはホーカンのほうじゃないかと、礼を失しない程度にそれとなく仄《ほの》めかして。すると、ホーカンはそのとおりだと言った、わたしが時間をまちがえたんだって、パーティは一時から始まってるって。そのあと彼はこんなことも言った——気にすることはないよ、侮辱されたなんて思ってないから。きっとあんたは三時から料理が調理されると私が言ったことだけ覚えてたんだろうって。

ただのいきちがいなんだから、すぐに忘れたほうがいい。あなたはそう思うかもしれない。でも、それはまちがいよ。これは意図的な嫌がらせよ。わたしは自分が時間をまちがえても平気な人間？　とんでもない。そこで謝っていたら、それでそのことはすんでいたかもしれない。でも、わたしは時間をまちがえたりしていなかった。だって、彼が言った時間はたったひとつだったんだから。ホーカンはわざとわたしたちを遅れて来させ、場ちがいなところに来たような思いをさせようとしたのよ。そして、それは見事に成功した。パーティのあいだずっと、わたしは気持ちが落ち着かなかった。どんな会話にもすんなりとはいっていけなかった。お酒を飲んでも気持ちは和まず、アルコールは逆にわたしの落ち着かない気持ちを煽《あお》った。それでみんなに自分がスウェーデン生まれで、スウェーデンのパスポートも持っていることを言ってまわった。でも、みんなにとってわたしはポテトサラダを持ってパーティに遅れてやってきた、まごまごしたイギリス女でしかなかった。すべてが演出されていたことがあなたにもわかるでしょ？　ホーカンがわたしにポテトサラダを持ってくるように提案したとき、わたしは何も思わなかった。でも、思えばこれ以上ない簡単な料理よ――そんな料理を誰が誉《ほ》めたって、ただわざとらしく聞こえるだけよ。しかも、わたしは自分の家で採れたものを使うことはできなかった。まだ作物は何も生《な》ってなかったから。ホーカンの奥さんはほかの人の料理については惜しみない賛辞を送っていた――おいしそうなサーモン料理や、見た目にも鮮やかなデザートについては。つくった人が自慢できるようなものについては。でも、ポテトサラダにはひとこともなかった。なぜって、言うべきことばなんてひとこともないからよ。見るかぎり、わたしのポテトサラダはスーパーマーケットで間に合わせに買ってきたものと大差がなかった——

ぼくは言った。

「ホーカンの奥さん、ここで初めて出てきたね」

そのことがおのずと語ってくれているわね。わざと言わなかったわけじゃないんだから。自然とそうなるのよ。それはどうしてか？　彼女はご主人さまのまわりをまわってる月にすぎないからよ。彼女の意見はすなわちホーカンの意見なのよ。彼女の値打ちは彼女がすることで決まるんじゃない。するのを拒否することで決まるのよ。彼女が属する社会で陰謀がめぐらされてる事実に眼を向けるくらいなら、自分の眼を自分でえぐり出しかねない人よ、あの人は。たまたま出会うことが何度もあったけれど、わたしに思い描けるのは、彼女のどっしりとした姿だけね——ぎっしりと中身の詰まった塊。歩く姿に軽やかさなんてかけらもない。浮かれたところも遊び心も愉しさも悪戯心《いたずらごころ》も何もない。彼らは裕福なのに、彼女はただひたすら働いてる。そのせいかもしれない。肉体的にはすごく逞《たくま》しい人よ。野良《のら》仕事ならどんな男にだって負けないくらいに。だからわたしにはすごく不思議だった。そんなに強い女なのにどうして意気地がないのか。有能なのにどうして無能なのか。名前はエリース。とても仲よくなれるような人じゃなかった。言わなくてももうわかったと思うけれど。それでも、彼女からははっきりとした悪意を感じることはなかった。それは彼女自身は何も決めてなかったから。彼女の考えは何もかもホーカンが決めたことだった。だから、ホーカンが同意のサインを出したら、彼女はその翌日にはわたしをコーヒーにでも誘って、仲よしサークルの一員にしてくれてたでしょう。逆にホーカンが反対のサインを出したら、招待などされるわけもなく、仲よしサークルもわたしとは関わりのないものになる。要するに、彼女の行動は、あらゆることに関してホーカンは正しいという狂信的な信念の上に成り立っていたということね。顔を合わせることがあると、彼女はたいてい作物のことや天気のことといったあたりさわりのないことを話題にした。今はものすごく忙しくて、とか言って立ち去るまえに。実際、彼女は常に忙しくしていた。ヴェランダの椅子《いす》に腰かけて小説を読んだり、川で泳いだりなんていう姿は一度も見かけたことがない。彼女のパーティすら彼女を忙しくさせるもののひとつでしかなかった。だから、話はいつも仕事のことだった——ほんとうのところはなんの興味もないのに、とことん〝正しい〟質問しかしない人だった。喜びとは無縁の人だった。だから、時々そんな彼女を気の毒に思うこともあったわね。でも、たいていのときは彼女の肩をつかんで叫びたくなった——

「そのクソみたいな眼を開けなさい！」って。

母はめったに卑語を口にしない人だ。皿を落としてしまったり、過《あやま》って指を切ってしまったりしたときなど、感嘆詞のかわりに使うことはあっても、強調のために使うことは決してなかった。母は近所の図書館から借りた小説を数えきれないほど読んで独学で培《つちか》った自分の英語を誇りに思っていた。今の母の卑語はどう考えても激しい怒りの表われだった。それまでの落ち着いた声音を突き破って飛び出した強い感情のほとばしりだった。母は口走った卑語の埋め合わせをするかのように、狂気のそしりから身を守る塹壕《ざんごう》に引き下がるかのように、法的な文言めいた言いまわしをした。

エリースも今回の犯罪に加担していると信ずるに足るもの、その証拠があるわけじゃないわ。それでも、彼女も知っていることは確かよ。それがわたしの考えよ。だから働いてばかりいるのよ。身も心もくたくたにさせて、あれこれ推理するエネルギーを自分からわざと奪ってるのよ。大海を泳いでいて、洋々たる水平線から眼をそらそうとしない人を思い浮かべるといい。実際には自分の下には底知れない淵《ふち》がひそんでいるのに。足首のまわりでは冷たい海流が渦を巻いているのに。彼女は嘘《うそ》を生きることを選んだのよ。わざと盲目になることを。そういうのはわたしの生き方じゃない。わたしは彼女のように人生を終えるつもりはない——彼女にはできない発見をする。それがわたしの生き方よ。

そのときのパーティではエリースとはほとんど口を利《き》かなかった。彼女のほうはわたしを時々ちらちら見ていたけれど、自分の友達をわたしに紹介するつもりはないようだった。パーティも終わりに近づく頃には、わたしとしても新たなコミュニティへのデビューがまったくの失敗に終わったことを認めるか、それとも反撃に出るか、肚《はら》をくくらなければならなくなった。わたしは反撃を選んだ。わたしの作戦は人を惹《ひ》きつけずにはおかない話をすることだった。すると、自然とあのヘラジカとの遭遇が思い出された。もってこいの話題よ。この村での出来事なのだから。わたしはそれをわたしたちのこの地での出発を祝福してくれている出来事と解釈した。だから、きっとほかの人も同じように解釈してくれるはずだって思ったのよ。試しにまず陽気な市長もいた小さなグループから始めたら、みんながいい話だって言ってくれた。気をよくして、わたしは次のグループを探した。すると、ホーカンが近づいてきて、その話はみんなのまえでしてほしいと言ってきた。スパイ――たぶん、ふたつの顔を持つ市長あたり――がご注進に及んだのね。そのことには悪意はなかったと思うけれど。ホーカンはみんなを静かにさせると、わたしをみんなの中心に立たせた。わたしは人前で話すのが得意なわけじゃない。むしろ大勢のまえでは臆《おく》してしまうほうだけれども、得られるものは大きかった。うまく話せれば、わたしたちのぶざまな登場なんか忘れてもらえるかもしれない。この話にはみんなにわたしという人間を素直に認めてもらえるだけの力がある。わたしは深く息を吸い込んで、まず情景描写から始めた。そのときにはかなり興奮していた。だから言わなくてもいいことまで言っていた。自分が裸になったこととか。そんなイメージなんかその場の全員と共有したいわけでもなんでもないのに。危険なのぞき魔が木陰から見ていないかどうか心配だったとか。そんなことを言うと、わたしのことを偏執狂のように思う人もいるかもしれないのに。でも、いずれにしろ、大半の人は興味深く聞いてくれた。あくびをした人も携帯電話をチェックした人もいなかった。それでも、わたしのその話の最後は拍手じゃ終わらなかった。ホーカンが割り込んできて、こんなことを言ったのよ。自分は生まれてこの方ずっとこの地に住んでいるが、川を渡るヘラジカなど一度も見たことがないって。つまり、わたしは何かとまちがえたんだろうって。彼がわたしにみんなのまえで話させたのよ。わたしにはわけがわからなかった。いったいどれほどの頻度でヘラジカが川を渡るところを見られるものなのか。そんなこと、わたしは知らないわ。もしかしたら十年に一度とか、百年に一度ぐらいのものなのかもしれない。でも、このことはわたしの身に実際に起きたことよ。それだけは確かよ。

ホーカンがわたしの話に不信を表明するなり、全員が彼の側についた。ついさっきわたしの話を興味深いいい話だと評した市長なんか、ヘラジカがこんなところまで来るわけがないとまで言った。みんながわたしのまちがいについていくつも仮説を立てた。暗闇《くらやみ》のせいにしろ、何かの影のいたずらにしろ、実際にはただの流木なのに、それを女が巨大なヘラジカと見まちがうということも考えられる、なんて信じられないものまで飛び出した。クリスはずっとパーティのへりのほうに立っていたから、彼にどれだけのことが理解できたのかはわからない。そもそもみんなはスウェーデン語で話してたわけだし。それでも、わたしは彼の援護を求めて振り返った。すると、彼は自分の妻は断じて嘘つきなんかじゃないって宣するかわりに、苛立《いらだ》たしげにこう言ったのよ。
「ヘラジカの話なんかもうよせ！」
わたしはもうそれ以上何も言う気がしなくなった。

見るからにご満悦の体《てい》で、ホーカンが懐柔するようにわたしの肩に腕をまわして約束してきた、いつか森の中を案内して本物のヘラジカを見せてあげようって。わたしは訊きたかった、どうしてこんなにもひどい真似《まね》ができるのかって。確かに彼は小さな戦争には勝利した。でも、こんなことでわたしがわたしの土地から出ていくと思ったら大まちがいよ。こんな陰険で卑怯《ひきょう》なやり方で農場が手にはいると思ったら。わたしは心の中で彼にそう宣言した。

その日、わたしは悲しかった。パーティが少しも愉しいものにならなかったことが悲しかった。電話番号を教えてくれる友達ひとりできなかったことが。一度コーヒーでも飲みにきてって誰からも招待されなかったことが。もう家に帰りたかった。クリスにそう言いかけたときよ。若い女性がひとりパーティに遅れてやってきたのが眼にはいったの。カジュアルなだぶだぶの服を着て、ホーカンの農場のほうから歩いてきたのよ。これだけは言えるわ、その若い女性はわたしがこれまでに見た中で一番きれいな女性のひとりよ。上品なグラビア雑誌の香水やブランド物の服の広告に出てるモデル並みの女性だった。そんな女性がわたしたちのほうに歩いてくるのを見るなり、わたしはホーカンのことなんかすっかり忘れてしまった。気づくとわたしは彼女をじっと見すぎていた。失礼になるくらいじっと。でも、まわりを見ると、みんなも彼女を見ていた。男も女もみんな彼女を見ていた。まるで彼女がその日のパーティのすばらしい〝出しもの〟か何かのように。わたしはなんだか居心地が悪くなった。何か不穏なものの中に巻き込まれてしまったような気がした。おかしな振る舞いをしている人はひとりもいなかった。なのに気づくと、あってはならない思いが急に誰の心の中にも湧《わ》き起こったような、そんな妙な雰囲気になっていた。

彼女は若かった。やっと大人になりかけたぐらいに見えた。あとからわかったのだけれど、まだ十六歳だった。そのバーベキューに集まった人たちは全員白人だって、あなたはなんとなく思っていた？　だったらそのとおりよ。でも、その若い女性は黒人だった。彼女が誰に話しかけるか、わたしは興味津々《しんしん》だった。だからずっと眼で追った。でも、彼女は誰にもひとことも話しかけず、パーティの中を通り抜けていった。何かを食べるでもなく飲むでもなく、そのまま川のほうへ歩いていった。そして、浮き桟橋のところまで行くと、服を脱ぎはじめた。フード付きの上着のジッパーを開けて、浮き桟橋の上に落として、トラックスーツのズボンも脱いで、ビーチ・サンダルも蹴《け》って放り出した。そうしたぶかぶかの服の下にはビキニを着けてたんだけれど、それは凍りつくような水のエトラン川で泳ぐより真珠採りでもするのに適していそうな代物《しろもの》だった。彼女はわたしたちに背を向けたまま優雅に水に飛び込むと、泡を残して水の中に消えた。そうして数メートル離れたところに浮かび上がると、泳ぎだした。彼女のことを見ているみんなのことなんかまるで気にしてないのか、ほんとうはものすごく気にしてるのか、どっちにしろ、悠然と。

ホーカンは怒りを隠すことができなかった。その反応にわたしはぞっとした。わたしの肩にまだ腕をまわしていたのだけれど、彼の筋肉がこわばったのがわかった。わたしの肩から腕を離すと——その動作もまた彼の怒りを物語っていた――彼はポケットに両手を入れた。わたしはその若い女性の名前を尋ねた。すると、ホーカンはミアだと言った。

「私の娘だ」と。

彼女は指先で水面を切り、水を蹴りながら、わたしたちのほうを見ていた。その視線をわたしとホーカンにまっすぐに向けていた。彼女のその視線を受けて、わたしは叫びたくなった。わたしは彼の仲間なんかじゃない！　そう弁解したくなった。わたしは彼の友達なんかじゃないって。わたしはひとりよ、あなたと同じよって！

ロンドンに来る飛行機の中で思ったわ、ひょっとしたらあなたはわたしが養子ということに関して偏見を持ってるって思うんじゃないかって。それはちがう。それでも、ホーカンとミアの関係に違和感を感じたのは確かね。わたしの気持ちは人種とはなんの関係もないものよ。それだけは信じて。わたしは自分の気持ちをそんなに醜いものにはできない人間よ。絶対に。何かがおかしい。ただそう思ったのよ。ほんとうである気がしなかったの。彼と彼女が父親と娘だなんて。ふたりが同じ家に住んでるだなんて。同じテーブルで食事をしているだなんて。彼女が悩みを抱えたときに彼が彼女を慰めてるだなんて。彼女が彼に賢いことばを求めてるだなんて。ただ、ホーカンに対する考えを変えざるをえなくなったことは認めるわ。わたしは彼のことを典型的な外国人嫌いだと思っていた。それはまちがいだった。彼の性格はもっと複雑なものだった。スウェーデン人であることの彼のアイデンティティは、単にブロンドの髪と青い眼に拠《よ》るものじゃなかった。彼は自分が誰かの庇護者《ひごしゃ》でなければならないのよ。彼のアイデンティティとはそういうものなのよ。そんなホーカンから見れば、わたしは国を捨てて、イギリス人を庇護者とした女ということになるわけよ。一方、ミアはホーカンの庇護のもとでスウェーデンに帰化した女になるわけ。あの男にとっては所有することがすべてなのよ。わたしはその最初の日からもう条件反射的に感じないわけにはいかなかった。彼女は危険にさらされてるって。それもとことん深刻な危険に。

若い女性が夏の日に川で泳ぐことがそんな危険なことにも思えず、ぼくはあえて訊き返した。

「その娘が危険にさらされてる？」

ぼくのその質問は母を苛立たせた。

わたしの話をちゃんと聞いてなかったのね。わたしはあなたに、ミアはあからさまな欲望の対象になってたって言ったのよ。あなたにはこのことの真実はまだわからないかもしれないけれど、欲望の対象になるというのは危険なことよ。人の気をそらす原因になるというのは。人を興奮させる関心事になるというのは。それ以上に危険なことなんてない。この事実が信じられない？　だったら、そのあとのミアの振る舞いを考えるといい。彼女は川から上がってきても、それでも誰とも眼を合わせようとしなかった。誰もが彼女を見ているのに。

これってすごく不自然な振る舞いよ。彼女は体を拭《ふ》きもせず服を着た。濡《ぬ》れたしみが服のそこらじゅうにできた。そのあと人々のあいだをまた歩いていった。食べものも飲みものも何も取らず、誰ともことばを交わさず、母家《おもや》のほうに戻っていった。そんなことにはなんの意味もないなんて言う人のことばなんか、わたしは聞くつもりはないから。どうしてわたしはそんなに確信が持てるのか。その一週間後、菜園の手入れをしていて、わたしはまた彼女を見かけたのよ。その日、クリスがどこにいたのかはわからない。彼の農場への関わり方はすごく気まぐれだった。朝から晩までものすごく一生懸命働いたかと思うと、何時間もいなくなることがあったりもした。いずれにしろ、彼はそのちょっとした出来事があったとき、わたしのそばにはいなかった。何か気配がして、わたしは顔を起こした。ミアが自転車に乗って道路をやってくるのが見えた。様子が変だった。今にもバランスを崩しそうだった。まるで何かに追われてるかのように必死にペダルを踏んで、危険なほどのスピードで走っていた。わたしの農場の門のまえを通り過ぎたとき、そんな彼女の顔が見えた。彼女は泣いていた。わたしは持っていた道具を落として、道路まで駆け出した。彼女が何かにぶつかりはしないかと思ったのよ。神のご加護があったのか、そういうことにはならなかったけれど。彼女はまだ自転車を漕《こ》いでいた。そして、急カーヴで左に曲がり、そこで見えなくなった。

そんなことがあったのに何事もなかったみたいに仕事を続けるなんて、わたしにはできなかった。だから菜園の手入れはあきらめて、納屋《なや》に急いで、自転車を引っぱり出して追いかけた。彼女はエトラン川沿いのサイクリング道路をくだって街中に——ファルケンベリに——向かったんだろうって思った。今、肝心なのはミアの精神状態よ。彼女がどんな危険にさらされてるのかはっきりさせることよ。そんなときにファルケンベリがどんな市《まち》か説明しなくちゃならないのは——あなたがファルケンベリを知らないのは——なんともどかしいけれど、とにかく海辺の可愛《かわい》らしい市《まち》よ。薄い黄色のペンキが塗られた、ちょっと趣のある木造の家とか石橋とかの。川が海に流れ込むまえで川幅が広くなっていて、その川岸に市《まち》で一番のホテルとかレストランとかお店がある。それだけ言っておけばいいわね。実際、ミアはまさにそこで自転車を降りて、塵《ちり》ひとつ落ちていないような手入れの行き届いた公園を歩きはじめた。深く考えにふけってるみたいだった。わたしはショッピング・プロムナードまで彼女のあとを追って、そこで偶然出くわしたふりを装《よそお》うって思った。それってすごく不自然ではあったけれど。わたしは菜園での作業を途中で放り出してきていて、泥のついた服のままで、そんな恰好《かっこう》でそんな場所で出くわすっていうのはなんともね。だから、通り一遍の挨拶《あいさつ》以上のものは期待してなかった。それならそれでかまわなかった。彼女が大丈夫なことが確認できれば、もう家に帰るつもりだった。彼女がそのとき明るいピンクのビーチサンダルを履いてたのを覚えてる。すごく愉しそうで、きれいだった。ちょっとまえまで泣いていたなんてとても信じられなかった。でも、彼女はただ挨拶だけ交わしただけで立ち去ろうとはしなかった。わたしの名前もわたしがロンドンから来たことも知っていた。きっとホーカンから聞いていたのね。子供の中には親とまったく同じ考えを持つようになる子供がいる。でも、ミアはちがった。彼女からはどんな敵意も感じられなかった。わたしは勇気を出して、コーヒーでも飲まないかって、プロムナードにある〈リッツ・カフェ〉に誘ってみた。名前から想像されるような高い店じゃないわ。静かにゆっくりと話せるような部屋が奥にある店よ。驚いたことに、彼女はそのわたしの誘いに応じてくれた。

セルフサーヴィスの店で、わたしはぶ厚いクリームをグリーンの薄いマジパンで包んだプリンセス・トルタ（訳注　スウェーデンの一般的なスポンジケーキ）を選んだ。ミアとふたりで食べられるようにフォークはふたつ取って、飲みものはポットにはいっているコーヒーにした。ミアはダイエットコークを選んだ。でも、レジのまえまで来てそこでやっと、慌《あわ》てて家を出てきたものだから、財布を持っていないことに気づいた。お金は今度来たときに払うということにしてもらえないかって、レジ係の女性に頼まざるをえなかった。カフェの経営者はわたしが何者かもわからないことを指摘して、ミアに保証を求めた。ホーカンの娘として彼女のことばにはそれなりの重みがあった。レジ係は手を振ってわたしたちを通してくれた。わたしたちのケーキとコーヒーとコーラはつけ
になった。わたしは謝り、夕方家に戻ったら必ず今日じゅうに払いにくると約束した。どんな借りも必要以上に長く抱えるつもりはなかった。そのためにこそスウェーデンにやってきたんだから。もう二度と借りなどつくらないために。

ケーキをふたりで食べながら、わたしはいっぱいしゃべった。ミアはわたしの話をきちんと聞いてくれたけれど、自分の暮らしについて話すときには用心

深くなった。わたしは奇妙に思った。ティーンエイジャーというのは普通自分のことを話したがるものよ。すこぶるつきの美人なのに、彼女には自信がない。わたしはそのことを感じ取った。会話が終わりかけた頃、彼女が訊《き》いてきた、近所の人とはもうみんなに会ったのかって。その中には世捨て人のウルフも含まれるかって。ウルフというのは初めて耳にする名前だった。ミアの説明によれば、ウルフも昔は農業をやっていたのだけれど、今はもう何もしていないということだった。それで今は自分の地所から一歩も外に出ようとせず、その土地はホーカンが管理していて、週に一度ホーカンが生活必需品を彼のもとに届けてるということだった。ミアはそのことをわたしに伝えると、それを区切りに立ち上がって、さよならって言って、ケーキとコーラのお礼を優雅に述べた。

ミアが店を出ていったところで、わたしはカウンターの女性がわたしのほうを見ているのに気づいた。電話の受話器を耳に押しつけていた。わたしにはすぐにわかった、わたしが娘と話したことを、わたしが娘とコーヒーを一緒に飲んだことを、ホーカンにご注進してるんだって。誰かが自分のことを話しているかどうか、それはその人の眼を見ればわかるものよ。

ぼくは尋ねた。

「いつでもわかる?」

母は断固たる口調で答えた。

「ええ」

スピードを出したまま路面の出っぱりにぶつかった車が、一瞬タイヤを路面から浮き上がらせながらも、すぐにまた何事もなく走り出すように、母も自分の話に苦もなく戻って続けた。

わたしはミアが最後に言ったことを頭の中で考えた。会話を打ち切る最後のことばにしてはいかにも不自然だった。その世捨て人のことをわざわざわたしに話したというのは、一度訪ねてみたらどうかと暗にわたしに勧めていることばとしか考えられなかった。そのことを考えれば考えるほど、それがミアの真意に思えてきた。待つつもりはなかった。すぐにその人を訪ねようと思った。それで自転車に乗ると、家にそのまま帰るかわりに農場を通り過ぎ、ホーカンの農場も通り過ぎて、その世捨て人の家を探した。すぐには見つからなかった。でも、最後には見つかった。その家は野原の真ん中で座礁《ざしょう》したかのように、群れからはぐれた獣のように、ぽつんと建っていた。誰か人が住んでいるなんてとても信じられなかった。それほどひどく荒廃し、誰からも見捨てられたような家だったのよ。私道も完璧《かんぺき》に手入れされたホーカンの農場なんかとは大ちがいだった。私道の両脇《りょうわき》の原っぱには雑草が腰の高さまで生い茂り、それが私道にも及ぼうとしていた。私道を呑《の》み込もうとしていた。入口付近には農具が悲しくも不気味な感じでぽつんぽつんと放置されていた。最近取り壊されたように見える納屋の跡もあった。

わたしは自転車を降りた。そして一歩一歩、ホーカンに見られているかどうか確かめる必要なんてないと自分に言い聞かせながら歩いた。でも、その家まであと少しというところまで来て、意志の力が萎《な》えてしまった。自分を安心させるためにわたしはうしろを振り返った。やはり彼はいた。灰色の空を背景に、彼の巨大なトラクターが地平線上の黒い点となって見えた。その距離では彼の顔まではわからなかったけれど、彼にまちがいなかった。トラクターの玉座に傲然《ごうぜん》と坐《すわ》っていた。わたしの心の一部はすぐに逃げ出したがっていた。わたしをそんな臆病者《おくびょうもの》にする彼が憎かった。恐怖にひれ伏すことを拒んで、わたしは世捨て人の家のドアを叩《たた》いた。そのとき自分が何を予期していたのかはわからない。たぶん、陰気で薄暗い室内とかクモの巣とか死んだハエとか、そんなものを眼にするんだろうぐらいは思っていたかもしれないけれど。いずれにしろ、小ぎれいな玄関ホールにやさしそうな巨人が立っているとは想像もしなかった。その巨人の名前はウルフ・ルンド。ホーカンと同じような逞しさと大きさを備えていたけれど、とても悲しげな人だった。声も小さくて、耳をすまさなければ聞き取れないほどだった。わたしは名を名乗って、引っ越してきたばかりだということを説明して、できれば近所づきあいをしてもらえればと思っていると伝えた。すると、驚いたことに彼はわたしを中に招き入れてくれた。

キッチンまで歩くあいだに彼が電気よりろうそくが好きなことがわかった。家全体にどこか教会を思わせるような静けさがあった。彼はコーヒーを勧めてくれて、冷凍庫からシナモンロールを取り出して電子レンジに入れて、解凍するのに少し時間がかかることを詫《わ》びた。そして、わたしと向かい合って坐ると、解凍が終わるのを無言で待った。いたって落ち着いて見えた。わたしは勇気を出して、奥さんはいらっしゃるのかどうか尋ねた。ひとり住まいであるのはもはや明らかだったけれど。妻は亡《な》くなったって彼は言った。亡くなったわけまでは言わなかったけれど。奥さんの名前も。かわりにわたしにコーヒーを勧めてくれた。それはわたしがこれまでに飲んだ中で一番濃いコーヒーで、お砂糖を入れないととても飲めなかった。一緒に出されたブラウンシュガーは砂糖壺《つぼ》の中で固まってしまっていて、まずスプーンで砕かなければならなかった。お客さんもめったに来ないのだろう。わたしはそう思った。彼はきちんと皿にのせてシナモンロールを出してくれた。わたしはふんだんにお礼を言った。まだ中まで解凍されていなかったのだけれど。わたしは微笑《ほほえ》みながら、甘く冷たいロールパンを呑み込んだ。

帰る段になって、玄関ホールの椅子に腰かけて、靴を履きながら、まわりを見まわして、ふたつの発見をした。まずトロールがなかった。ホーカンが彫った彫像はひとつも。かわりに壁はすべて聖書からの引用で覆《おお》われていた。聖句を刺繍《ししゅう》した布地が額に入れて飾られていたのよ。そのそれぞれに聖書に書かれている出来事も描かれていた。ファラオや預言者、エデンの園、海がふたつに分かれる奇跡、燃えても燃え尽きない柴《しば》の奇跡がカラフルな糸で描かれていた。あなたがつくったのかってわたしは訊いてみた。ウルフは首を振って、妻の手作りだと答えた。床から天井までびっしり百以上はあったにちがいない。そのひとつがこれよ——

母はショルダーバッグから聖書の聖句を刺繍した布を取り出した。まるめて粗雑なひもで結んであった。よく見えるように母はぼくのまえにそれを広げた。黒い糸で聖句が縫い込まれていた。ただ布の端が黒焦《くろこ》げになっていた。糸もところどころ焦げていた。

つい数日前のことよ。クリスが鉄ストーヴに放り込んだの。わけのわからないことを口走ってわたしを怒鳴って、最後にこう言って――

「そんなクソみたいなものは燃やしちまえ」

わたしはトングをつかんで、急いで火の中から取り出した。もう燃えはじめていたけれど。すると、クリスはそれを取り戻そうとわたしに突進してきた。わたしは居間に追い込まれる恰好になった。火がついている布を彼に向かって左右に振りまわした。まるでオオカミに襲われるのを防ごうとするみたいに。

いずれにしろ、彼が面と向かってわたしに狂ってるって言ったのはそのときが初めてよ。わたしのいないところでそう言っていたのはわかってる。でも、証拠の品を守ろうとするのは狂った行為でもなんでもない。それがこの共同体の中心部が腐っていることを証明する証拠の品となればなおさらよ。だから、そう、わたしは〝そんなクソみたいなもの〟を燃やしたりはしなかった。

その激しいことばが父のことであることを母はことさらはっきりさせようとしていた。少しまえの母自身の激しいことばづかいに、ぼくが示した反応が忘れられなかったのだろう——〝そのクソみたいな眼を開けなさい！〟——ぼくの驚きをちゃんと覚えていたのだろう。ぼくは母が丹念につけていた経理の台帳を思い出した。一方は黒いインクで書かれ、もう一方は赤いインクで書かれていた台帳だ。父のことばであることを強調することで、母はぼくに与えてしまったかもしれない悪印象の修復を図ろうとしたのかもしれない。母の話を聞くぼくの態度が母の話そのものに影響を与えているのが今や明らかになった。ぼくは心のうちをできるだけ明かさないようにして、中立的な立場で聞いていることを態度でもちゃんと示そうと思った。

　この聖句だけ玄関ホールに飾られていたほかのものとはちがっていた。飾りがなかった。それでかえって眼が惹かれたのね。ほかのものは聖書的でもいくらか滑稽《こっけい》な図案に聖句が取り囲まれてるんだけれど、これにはただ聖句しかなかった。ウルフが言うには、奥さんがちょうど亡くなったときにつくっていたものだそうよ。焼けてしまって、ところどころことばがなくなってしまってるけれど、翻訳するわね。

〝私の格闘は血肉に対するものであり、支配者に対するものであり、権威に対するものであり、この暗闇の世界の権力者たちに対するものであり、この世の王国の邪悪な力に対するものである〟。

この布には今言ったとおりのことが刺繍されている。確かめたければ、聖書のエペソ人への手紙第六章十二節を見るといい。子供の頃、わたしは毎日聖書を読んでいた。わたしの両親が地元の教会ではちょっとめだった人たちだったのよ、特に母のほうが。それでわたしは教会の勉強会にも出ていた。聖書のクラスも愉《たの》しかった。実際、わたしはとても信心深い子供だった。あなたにしてみれば意外なことかもしれない。今のわたしが教会に行くのはクリスマスと復活祭のときぐらいのものなんだから。でも、田舎では教会はもう人生そのものだった。それでもこの聖句は思い出せなかった。エペソ人への手紙を思い出すことはできなかった。ただ、新訳聖書からの引用であることだけはわかった。でも、壁に飾られていた聖句の大半は旧約聖書からのものだったのよ。だから、わたしはウルフの奥さんが最期《さいご》の日々を迎えるにあたって、どうして新訳からの引用にしたのか、不思議な気がした。それもどうしてことさらあいまいなくだりを選んだのか。

ひとつの疑問が湧いた。そもそも聖句を刺繍したこの布——額に入れられてウルフの家の壁に飾られていたもの——がどうして母のものになったのか。妻が死ぬときに縫っていた貴重な品を世捨て人がそう簡単に手放すとも思えなかった。

「母さん、母さんはこれを盗んだの？」

そう、盗んだの。でも、ウルフから盗んだんじゃないわ。ウルフから盗んだ人から盗んだのよ。この布の重要さがよくわかっていた人物から。そのことについてはまだ話したくない。順番に話させて。そうじゃないと、五月の話が終わらないうちに、八月の出来事に一足飛びにいってしまうから。

農場に戻ってまずわたしがしたのは、五十年前に父からプレゼントされたスウェーデン語版の聖書を引っぱり出すことだった。古風な美しい字体で父が書いた献辞付きの聖書よ。父はいつも万年筆を使って字を書いていたわね。それはともかく、わたしはエペソ人への手紙の第六章第十二節を確かめてみた。今ではもう暗記してしまってる。

そのまえにウルフの奥さんが書いたヴァージョンをもう一度聞いてちょうだい。

〝私の格闘は血肉に対するものであり、支配者に対するものであり、権威に対するものであり、この暗闇の世界の権力者に対するものであり、この世の王国の邪悪な力に対するものである〟。

今から正しい聖書の引用を言うわね。ウルフの奥さんのヴァージョンとちがっているところは強調して言うけど、あなたはそのことをあなたの好きに考えてちょうだい。

〝私たちの格闘は血肉に対するものではなく、支配者に対するものであり、権威に対するものであり、この暗闇の世界の権力者に対するものであり、この世

では なく天にある邪悪な力に対するものである〟。

ウルフの奥さんは聖句を変えてたのよ！　奥さんは自分のヴァージョンを縫い付けていたのよ。われわれの格闘は血肉に対するものだって。さらに天にある邪悪な力をこの世の邪悪な力に変えてた。この世の邪悪な力に！　これは何を意味しているのか。これは明らかにメッセージよ。奥さんがまちがったわけじゃない。さらに、この気の毒な奥さんは自分が死んだあともちゃんと残されるよう、このメッセージがきちんと伝わるよう、どんな工夫をしたのか。壁に掛けた――ほかの聖句にまぎれ込ませて。注意を払う人に向けて。これは明らかにメッセージよ。まちがいじゃない。純然たるメッセージよ！

わたしはこの発見に興奮して外に出ると、クリスを呼んだ。返事はなかった。どこにいるのか見当もつかなかったけれど、そのとき砂利を敷いた私道に赤いしみのようなものが点々とついているのが見えた。それが血であることはしゃがんで確かめるまえからわかった。まだ乾いていなかった。まだ新しいものだった。クリスが怪我《けが》をしたのにちがいないと思って、わたしはその血の跡をたどった。それは石造りの離れ家のドアの下まで続いていた。わたしはドアの取っ手をつかんで開けた。殺された豚がフックに吊《つ》るされていた。本を開くみたいにまるまる一頭をふたつにさばいた胴体が、血まみれの蝶々《ちょうちょう》のように前後に揺れていた。わたしは悲鳴をあげたりはしなかった。わたしは田舎の育ちよ。だからさばかれた動物は子供の頃にいっぱい見てる。それでも青ざめ、震えていたとしたら、それは死んだ獣を見たせいじゃない。殺された豚の背後にあるものがわかったからよ。

そう、それはまぎれもない脅しだった！

百歩譲って認めてもいいわ。それはホーカンがただわたしの申し出に応じた証拠だって。わたしたちの土地を彼に使わせてあげるかわりにわたしがねだった豚肉だったんだって。でも、わたしが頼んだのはソーセージとかベーコンとかよ。豚まるまる一頭じゃなくて。確かにまるまる一頭なんだから肉はたくさん取れる。でも、どうしてわざわざそんなときを選んで黙って置いていくの？どうしてわたしがウルフと話しているときに持ってこなくちゃならなかったの？　あなただっておかしいと思わない？　そんなタイミングで持ってくるなんて。起きたことの流れを考えてみて。起きたことの流れがすべてを語ってる。

まず初めに――ホーカンはコーヒーショップの女から電話を受けた。わたしが彼の娘と話をしていることをご注進した女から。
二番目に――わたしがウルフを訪ねるところを見て、そのこととミアとを結びつけた。
そして次に彼は何をした？
三番目に――解体した豚を選んだ。あるいは、自分で一頭さばいたのかもしれない。殺されてまもない豚だったところを見ると。血の跡が私道にあったところを見ると。彼はわたしたちの農場に来て、血の跡を私道につけて、離れ家に豚を吊るしたのよ。でも、それはわたしの申し出に応じようとしたからじゃない。警告だったのよ。よけいなことはするなっていう。よけいなことを訊いてまわったりするのはやめて、自分のことだけ考えてろっていう。
でも、このことは言っておかないといけないわね。クリスはこの解体された豚の件はわたしがウルフの家から帰ってきたときのことじゃないって言ってる。まったく別の日の出来事だって。それがわたしの頭の中ではごっちゃになっちゃったんだろうって。なんの関連もないことを関連づけて記憶してるだけだって。でも、彼がそんなことを言うのは、この挑発的な出来事をあいまいにしたいからよ。なぜって、今回起きたことの流れが隠された事実を明らかに露見させてるからよ。

ホーカンの脅しはわたしにはむしろ逆効果だった。何が起きているのか。それを絶対明らかにしようってわたしは決意をより強くした。ミアがわたしと話したがっているのはわかっていた。何を話したがっているのかまではわからなかったけれど。想像もつかなかったけれど。わたしのほうも彼女とまた話をしないわけにはいかなかった。それは早ければ早いほどよかった。それでわたしはその機会を狙《ねら》った。でも、結局のところ、彼女のほうからわたしのところにやってきた。

母の手帳には何かがクリップでとめられていた。それは村のダンスパーティを知らせるチラシだった。母はそれをぼくに手渡して続けた。

月に一度、村の共同の納屋——市民ホールと同じようなものよ——でダンスパーティが開かれるんだけれど、その大きな納屋はわたしたちの家からすぐのところにあった。どういうことが〝イケてる〟かなんてまるで気にしない、そこそこいい歳《とし》をした男女向けのパーティなんだけれど、チケットがけっこう高いの。ひとり百五十クローネ。ほぼ十五ポンドよ。わたしたちの家はすぐ近くだから、音楽も聞こえてくる。そういうことのお詫びにということで、わたしたちはただ券がもらえた。それで、一度クリスと試しに出かけてみることにしたの。バーベキュー・パーティがさんざんだったんで、わたしもクリスもそのあと人とのつきあいが恋しくなっていたのね。バーベキュー・パーティに出てもひとりの友達もできず、誰からのご招待も受けず、電話ができる人すらひとりもできなかったわけだから。でも、わたしとクリスが出かけることを決めたのには、ほかにも理由があった。スウェーデンに行くことを決める何年かまえから、わたしたちはずっとご無沙汰《ぶさた》だったというのも出かけた理由のひとつだった。

ぼくはこわばった平静さを保ったが、そのこと自体がぼくの心の動揺を露呈してしまっていた。驚いて思わず口を開けてしまったみたいに。といって、セックスの話に驚いたのではない。母の惜しみない正直さに驚いたのだ。ぼくはすぐにはそのことにうまく対応できなかった。母はぼくの正確な思いがわからず、単なる子供じみた反応と誤解した。

あなたには気恥ずかしい思いをさせてしまうかもしれないけれど、スウェーデンで起きたことをわかってもらうには、あらゆる詳細まで理解してもらわないといけない。むずかしい詳細についても。いえ、むずかしい詳細についてはなおさら。家計が火の車になって以降、わたしはセックスにまったく関心がなくなってしまった。セックスの大部分を占めるのは快感よ。でも、快感というのはお互いのことだけじゃなくて、人生全般に関わることよ。長い結婚生活の中で性生活をうまくこなせるカップルというのは案外少ないものだけれど、その点わたしとクリスは幸運だった。クリスは権威というものを忌《い》み嫌う黒髪のハンサムなイギリス人の青年で、わたしのほうは彼ほどアナーキーな人にはそれまで一度も会ったことのないブロンドのスウェーデン娘で、ふたりはお互いの中に自分の居場所を見つけることができた孤独な者同士だった。だから、そんなわたしたちにとってセックスは、ふたりがチームであることを祝う儀式のようなものになった。わたしたち対世の中の人全員。わたしたちはそんなチームだった。お互いがいるかぎり、わたしたちにはほかの人は誰も要らなかった。

アパートメントに投資をしてしまったことで、そんな関係が壊れてしまった。クリスはわたしを信じきっていて、すぐに引退をしたがっていた——若い頃からずっと働きづめだったのだから当然よね。それで、すでに老後の暮らしの準備にはいっていた。それまでより釣りによく出かけるようになって、外国旅行の計画を立てるのによく時間を費やすようにもなっていた。旅行ガイドを読んで、わたしたちが見たことのない土地を訪ねることを愉しみにしていた。銀行や不動産屋を相手にするのはあまり好きじゃなかったから、わたしの決断を喜んで支持してくれた。住宅市場が崩壊したとき、わたしはわたしたちの投資について説明した。彼は肩を落として、無言でわたしのことばを聞いていた。わたしたちはもはやチームじゃなくなっていた。わたしは孤独だった。彼も孤独だった。わたしは早く起きるために早く寝るようになり、彼のほうは遅くベッドにはいって遅く起き出すようになった。もうお互いの歩調が合わなくなってしまっていた。だから、思いきってスウェーデン行きを決めたのは、自分たちのリズム、仲間意識を再発見するだけじゃなくて、セックスを再発見するためのものでもあったのよ。言ってみれば、スウェーデン行きはわたしたちにとって、おぞましい四年間の瓦礫《がれき》の下に埋もれた古代文化の宝物を見つけるための再出発でもあったのよ。

スウェーデンに向かうフェリーで、星空の下で、わたしとクリスはキスをした。頰っぺたにじゃなくて。若い恋人たちのおずおずとしたキスでもなくて。人生の伴侶《はんりょ》として馴染《なじ》みすぎてしまい、昔のようにはもう情熱的にはなれないことを恐れている者同士のキスをした。キスだけじゃなくてセックスもした。

公共の場で、フェリーのデッキで。救命ボートの陰になった人目につかないところで。イギリス海峡のど真ん中で。わたしは誰かに見られないかと不安だった。でも、キス以上のことをしかけてきたクリスを見てわかった。彼はわたしが拒むことをむしろ期待していた。わたしがまわりを気にして、何か理由をつけて拒むことを。だから、わたしは拒まなかった。そのことをなにより変化の証《あか》しにしたかったからよ。これからはわたしたちの人生が変わることをはっきりと彼にわからせたかったからよ。わたしたちは壊れることのないチームにまた戻れることを。

そのあとフェリーの船首に立って、夜が明けて陸地が見えてくるのをふたりで待っていると、わたしには心の底から信じることができた。今こそまさに自分たちの時間であることが。これが、わたしたちがふたりで挑む最大にして、現実的に考えれば、最後の冒険であることが。さらに、この冒険がうまくいくことも。なぜなら、わたしたちはともに共有できる満足を得ることになるのだから。誰しも幸福のおこぼれに与《あずか》れるなんていうのは感傷的もいいところよ。幸福は人権じゃないんだから。それでもよ。幸福というのは人権であるべきものよ。

農場をちゃんとやっていけるのかどうかという不安、井戸の汚染、ホーカンとのあいだに抱えてしまった問題。そういうことはあっても、それでも気ばらしになることもいっぱいあった。そういうものはいつだってあるものね。それでクリスとわたしは規則正しくなることを約束し合った。セックスをスケジュールどおりこなすことを。それには言いわけは許されなかった。それで、わたしたちはそのダンスパーティを自分たちのムードを盛り上げる小道具に利用したってわけ。

その夜、わたしは三十年前の色褪《いろあ》せたピンクのワンピースを着た。クリスとよくロンドンのクラブに出かけたときに着たものだけれど、まだ取ってあったのよ。クリスはわたしのワンピースほど古くはない明るい色のシルクのシャツを着た。何を着るにしろ、それがジーンズとジャンパーでないかぎり、それは彼にしてみればいい兆候だった。香水は持ってなかったし、買う余裕もなかったので、森から松葉を取ってきて、手製の香水をつくった。松葉をすりつぶすと香り立つ油分を耳のうしろにつけた。

わたしたちは手をつないで農場を出ると、音楽が聞こえてくるほうに向かって暗い田舎道を歩いた。遅れて到着したから、すぐには中の様子がわからなかった。納屋には窓がひとつもなかったのよ。納屋のドアの上に薄暗いオレンジの電球がいくつか吊るしてあって、そこには大きな蛾《が》が集まっていた。それで入口がわかった。重たい木材で造った引き戸で、クリスは両手でそれをつかんで開けなければならなかった。そんなわたしたちは嵐《あらし》から逃れられる場所を探して、騒がしい田舎の宿にたどり着いた大昔の旅人のようだった。

中は古きよき時代のにおいがした。汗とアルコールのにおい。大勢の人たちが踊っていて、床が振動して、テーブルの上のグラスが震えていた。わたしたちのほうをわざわざ見てきた人はひとりもいなかった。みんな忙《せわ》しげに一心に踊っていた。ステージにはバンドがいた。安っぽい黒のスーツに細い黒のネクタイ、それにレイバンのサングラスといった五人組で、ブルース・ブラザースに似せたバンドだった。容赦のない眼にはどれほど滑稽に映ろうと、一生懸命歌っていた。みんなを愉しませようという強い気持ちがしっかりと伝わってくるバンドだった。坐って音楽を聞こうという人たちは奥のテーブルについて、自分たちが持ってきた料理を食べていた。みんな食べるより飲むほうに熱心だったけれど。お酒を出すカウンターはなかった。アルコールを販売する許可は得ていないみたいで、飲みものは各自持参のようだった。これはクリスにもわたしにも思いがけないことだった。わたしたちは飲むことを愉しみにしていたのだけれど、何も持ってきていなかったので。でも、その問題はすぐに解決したわ。来ている人たちがふんだんに勧めてくれたのよ。巨大な魔法瓶からシュナップス入りの濃いコーヒーを。ウィンクをして肘《ひじ》でそっとわたしたちを小突きながら。まるで禁酒法時代のもぐり酒場みたいだった。でも、そう、それは強烈な飲みものだった。カフェインも糖分もアルコール度もとても強かった。わたしはすぐに酔っぱらった。

　その納屋はホーカンのものじゃなかった。ホーカンとそのイヴェントとはなんの関係もなかった。そのことは一週間前に確かめてあった。彼の脅しが成功したなんておくびにも出さずに、豚肉のお礼を言ったときに、それとなく本人に訊いたのよ、ダンスは好きかって。彼は嘲笑《あざわら》うように言ったわ、冗談じゃないって。わたしはそれを聞いてほっとした。彼がそのダンスパーティにやってくる心配はない。クラウドベリーのリキュールとコーヒーを何杯か飲むうち、わたしの笑い声はどんどん大きくなって、しまいにはなんで笑ってるのか自分でもわからなくなった。誰もが笑ってるように見えた。やってきている人はただひとつの目的で来ていた――ひたすら愉しむことよ。近隣のあちこちの地区から来ている人たちで、バーベキュー・パーティのときのような、けちな地方政治はどこにもなかった。そういったこだわりのないグループは同じ気持ちを持っている相手なら、ダンスをしたがっている相手なら、誰でも受け容《い》れてくれた。そこによそ者はひとりもいなかった。

何杯かお腹《なか》に詰め込むと、わたしとクリスはダンスフロアのほかの人たちに加わった。音楽がやむたび、浮かれたダンスの余韻にひたされた。わたしのまわりの誰もがみんな同じ気分を味わっていて、みんな同時に息継ぎをしていて、たまたまそばにいた人が誰であれ抱きついていた。ダンスフロアでは誰にキスをしてもいい権利が誰にもあるみたいだった。そんなときよ、わたしがミアを戸口に見かけたのは。いつ彼女が来たのかはわからなかった。気づいたときには、カットオフしたデニムのショートパンツに白いシャツという恰好で、壁ぎわに立っていた。そのときその場でただひとりの若い娘だった。二十《はたち》以下の唯一《ゆいいつ》の女性だった。ひとりで来ていた。ホーカンの姿も彼の奥さんの姿もなかった。彼女とは一度長いこと話をしたのに、わたしは会うのが妙に気恥ずかしかった。しばらくすると、彼女のほうからわたしたちのところにやってきて、クリスの肩を叩いて、次のダンスの相手を頼んでもいいかって訊いてきた。当然わたしは、彼女はクリスとダンスをするつもりなんだろうって思って、微笑んで、彼に踊るように勧めた。ところが、ミアは首を振って言った。わたしと踊りたいって！　クリスは笑って、それはすばらしい考えだと言って、煙草《たばこ》を吸いに外に出た。

バンドが速いテンポの曲の演奏を始めた。それまでで一番速かった――その曲に合わせてわたしとミアは踊った。酔った頭でわたしは考えた。ミアはわたしと話がしたくて来たんだろうかって。その自分の当て推量を確かめるのに、よくここへは来るのかって訊いてみた。すると、彼女は首を振って、来るのは初めてだって言った。そのあとわたしは彼女に訊かざるをえなかった。大丈夫かって。その途端、彼女のそれまでの落ち着きも自信もあっけなく崩れ去った。いかにも若くて、途方に暮れているように見えた。わたしの背中に彼女の指が強く押しつけられたのがわかった――こんなふうに――

母はわたしを椅子《いす》から立たせると、居間の真ん中まで引っぱり、ふたりでダンスを踊っているような恰好《かっこう》をさせ、ぼくの背中に指を押しつけて、そのときのシーンを再現した。

わたしたちは踊りつづけたけれど、そのあとはもう彼女は話をしようとしなかった。曲が終わると、わたしから手を放して、バンドのほうを向いて口笛を吹いて、演奏を称《たた》えて派手な拍手を送った。耳のうしろに髪をやるときだけその手を休めて。

みんながわたしたちを見ていた。

わたしはミアにはひとことも言わず、口笛を吹いて拍手をしている彼女をその場に残して、納屋《なや》の奥のテーブルに戻った。クリスはシュナップスのグラスを口元にやっていた。そうやって下唇に押しつけているだけで飲んではいなかった。わたしが何か不適切な振る舞いをしたかのような眼でわたしを見ていた。わたし自身、何か不適切な振る舞いをしてしまったような思いをなぜか振り払えなかった。それでも、グラスにたっぷりと注いで、ひとりで乾杯の音頭《おんど》を取って、一気に呷《あお》って、まわりを見まわした。大きな納屋のドアが開いているのが見えた。明かりに群がっている蛾も。でも、ミアの姿はもうどこにもなかった。

母はいきなりダンスをする恰好をやめ、一瞬、ぼくのことを忘れてしまったかのような顔をした。そこで初めて母の勢いが止まった。それでも、ぼくがそんな母の肩に手を置くと、また話しはじめた。最初はゆっくりだった。が、殺《そ》がれた勢いを取り戻そうとするかのようにまた話にテンポが出てきた。

そのあともクリスと何曲か踊ったけれど、もうそれまでのようには愉しくなかった。心がどこかへ行ってしまっていた。お酒もわたしを幸せにしてくれなかった。ただわたしを疲れさせただけだった。ほどなくわたしたちは農場に帰った。セックスに関しては努力をした。わたしはクリスが望むすべてになりたかった。でも、そのときセックスが初めて仕事のように感じられた。リラックスするのにマリファナをやったらどうかってクリスは言った。そう言って、一本巻きはじめた。わたしは逆らわなかった。マリファナなんてもう何年もやってなかったけれど、役に立つかもしれないと思ったのよ。とにかくその夜は愉しむための夜だったし。だから彼が巻きおえるのを待って、一服して頭がぼうっとしてくるまで息を止めて数を数えた。頭が軽くなると、立ち上がった。シーツが体からずり落ちた。わたしは裸のまま、男を誘惑する淫《みだ》らな女の模造品みたいに、佇《たたず》んだままマリファナを吸った。クリスは片肘をついて寝そべったまま、そんなわたしを見ながら言った、マリファナを一本全部吸うようにって。このあとわたしが何をするか見てみたいって。わたしはほかに何ができるか、考えてみた。どんなことをすればセクシーに見えるか。以前は知っていたことを考えた。考えるまでもなく本能的に知っていたことを考えた。そこでふと気づいたのよ。クリスがロンドンから持ってきたマリファナはほんの少ししかなかったことに。そのときのものはもうとっくになくなっているはずだった。そのときには引っ越してきてからすでにひと月は経《た》ってたんだから。クリスはこのマリファナをどうやって手に入れたんだろうって思った。そんなお金がどこにあったんだろうって。だから訊《き》いてみた。別に怒ったわけじゃなくて。咎《とが》めるつもりもなかった。ただどうやってそんなものを手に入れたのか興味を覚えたのよ。彼はわたしからマリファナを取り上げると答えた。ほとんど聞き取れないような声で。彼の唇は煙に隠されて見えなかった。わたしに聞こえたのはこのことばだけだった。

「ホーカン」

クリスはベッドに来るように身振りでわたしに示したけれど、この事実は事実がもうひとつあることを示していた。彼がホーカンからマリファナをもらったということは、ふたりがわたしの知らないところで会っていることを意味していた。このふたつの事実はさらに新たなふたつの事実があることを意味していた。マリファナのやりとりをするくらいふたりは親しいにちがいないこと、さらにふたりはクリスが自分たちの経済状態を打ち明けるくらい親密にちがいないことを意味していた。なぜって、彼にはマリファナを買うお金なんてないわけで、はした金であってもわたしに知られずに家のお金を自由にはできないからよ。クリスがホーカンに、わたしたちの農場を盗もうと企《たくら》んでる男に、わたしたちの苦境を話したのはまちがいないわ。だから、ホーカンはマリファナを恵んでくれたのよ。気前のいい贈りものとしてではなくて、クリスが愚かにもわたしたちの逼迫《ひっぱく》状況を彼に洩《も》らしたごほうびとして。そうした不穏な事実はどんどんふくらんでいき、新たな事実を生んで、分裂して、わたしにはとても手に負えなくなった。わたしはその事実で頭がいっぱいになって、もう部屋にはいられなくなった。あのホーカンのマリファナが燃えてくさいにおいを放ってる家になんか――農場になんか！

わたしは急いで服を着ると、部屋から飛び出した。クリスは裸で廊下に突っ立って叫んだ。

「戻ってこい！」

わたしは戻らなかった。できるだけ速く走りつづけた。ついさっきまでダンスを踊っていた納屋のまえを通り過ぎて、ホーカンの農場も通り過ぎて、世捨て人の家のまえも通り過ぎて、いくつかの農場が境を接している丘の麓《ふもと》までやってきた。

その丘の斜面は牧草地になっていて、てっぺんに森があった。その森のへりまで来たときには、もう汗みずくになっていた。わたしは丈の長い草が生えた原っぱにへたり込んで、息を整えて、まわりの景色を見まわした。横たわってると、そのうち体が震えはじめた。すると、そのとき道に車のヘッドライトが見えた。まず一対のライトが見えた。さらにもう一対、さらに一対、加えてもう一対。全部で四台分のヘッドライトが見えた。最初、わたしはマリファナのせいで眼の見え方がおかしくなってるのかって思った。それで数え直してみた。まちがいなかった。四台の車が連なって道路を走っていた。真夜中の田舎道を列になってゆっくりと這《は》うように。一日に四台の車を見ることなどめったにない地域を。曲がりくねった田舎の細い道を一塊《ひとかたまり》になってくねくねと進んでいる様子は、まるで獲物を求めてさまよっている夜の怪物のようだった。車は四台ともホーカンの私道にはいって彼の家のまえで停まった。ヘッドライトが消えた。世界はまた真っ暗になった。と思うまもなく、ひとつまたひとつと懐中電灯の明かりがともされて、四つの光が原っぱを照らした。そこにもうひとつ、家の中から五番目の光が出てきて、四つの光に加わって、その光が先導して移動を始めた。誰なのかまではわからなかった。光しか見えなかった。その光は川のほうに向かっていた。でも、川までは行かなかった。かわりに地下の退避小屋の中に消えた。あの木彫りの小屋の中に。五つの光が次々に小径《みち》から離れて、地下の退避小屋の中に消えた。真夜中に。あのトロールとナイフと、不可解に施錠《せじょう》されたドアのある小屋に。

ぼくのスマートフォンが鳴った。マナーモードにしてあったのだけれど、画面に父の顔が現われた。ぼくが唐突に電話を切ったあと、初めての電話だった。電話をテーブルに置いたままぼくは母に言った。

「出てほしくないなら出ない」

出なさい。電話に出なさい。あの人がなんて言うか、わたしにはもうわかってるから——気が変わった。もうスウェーデンに残ってるつもりはない。荷造りもすませた。これから空港に向かおうと思ってる。いいえ、もう搭乗券を手に持って空港にいるかもしれないわ。

意外な母のことばだった。父はぼくたちの様子を知りたくて電話してきたのだろう。母のことばがなければ、そう思ったところだ。この状況を考えれば、父はすでにかなりの忍耐心を示していた。そもそもぼくと母とに話し合う時間を与え、自分はスウェーデンに残るというのは父の考えだった。父がロンドンにやってきても挑発にしかならない。今のぼくにはそのことがよくわかった。父もそのことは認めていた。父にはもう母を助けることはできない。父がこのアパートメントにやってきたら、母はすぐにも逃げ出すだろう。

かなり長いこと状況を考えて最後にぼくは父の電話を無視した。すると、母は電話を手振りで示して言った。

あなたからあの人にかけなさい。彼が嘘《うそ》つきであることを彼自身に証明させなさい。彼はきっと、悪意に満ちたわたしの訴えを聞かなければならないあなたのことが心配だとでも言うことでしょう。犯罪も陰謀もありはしないなんて言って、耳に快いことばであなたを安心させようとするでしょう。被害者もいなければ、警察の捜査が必要なわけでもない、今、必要なのは、わたしの心から根も葉もない思いが消えるまで、わたしにちゃんとした薬を飲ませることだけだ。きっとそんなことを言うはずよ。

父は留守番電話にメッセージを残していた。これまで何度もかけながら、留守番電話にメッセージを残したのはこれが初めてだった。少しでも隠しごとをするのはよくないと思い、ぼくは母に言った。

「父さんはメッセージを残してる」

「だったら聞けばいい」

「ダニエル、父さんだ。何がどうなっているのかまるでわからない――そんな状態でこっちに何もしないでいるわけにはいかない。今、ランドヴェッテル空港にいる。飛行機はあと三十分で出発するけれど、直行便じゃない。コペンハーゲン経由だ。それでも今日の午後の四時にはそっちに、ヒースローに、着けるはずだ。

迎えには来なくていい。それからこのことは母さんには言わないでくれ。空港からおまえのところに直行するから、おまえは家にいてくれ。母さんと一緒に。母さんをどこにも行かせないでくれ……

おまえに言っておかなきゃいけなかったことは山ほどあるが、母さんが言ってることは——長いこと聞いていると段々ほんとうのことに思えてくるかもしれないが、全部嘘だ。

折り返し電話してくれ。でも、母さんを不安にさせないように。おれがそっちに向かってることを母さんにわからせちゃいけない。慎重にやってくれ。母さんはどんなことをするかわからないから。下手をすると、暴れたりもするかもしれない。

でも、きっとおれたちでなんとかできる。それは約束する。ふたりで一流の医者を見つけよう。こっちじゃおれはまるで役立たずだ。スウェーデン人の医者とはちゃんとしたコミュニケーションが取れない。イギリスに戻れば事情も変わるだろう。母さんは大丈夫だ。そのことを忘れないように。それじゃ。

愛してる」

ぼくは電話を置いた。父がいきなりここにやってきて母を驚かせたら、それこそ修羅場のようになるかもしれない。修羅場になるかもしれないというのは父自身の判断でもあった。母は父もぼくも拒絶するだろう。

母が言った。

「時間はどれくらいあるの？」

父がセットしたタイマーがすでに動きだしていた。壊れやすい平穏がさらに壊れやすいものになっていた。父の指示どおりにしようとは思わなかった。母の信用を得ているという特権的な立場を維持するために、ぼくはスマートフォンを母に手渡した。母はそれがまるで高価な贈りものでもあるかのように両の手のひらをお椀《わん》のようにして、受け取った。そして、それを耳にあてようとはせずに言った。

「あなたの誠意の表われに希望をもらった気分よ。わたしたちは長いこと近しくなかったけれど、これでまたお互いを近くに感じることができそうね」

ぼくたちは疎遠《そえん》だったと母は今、断じた。ぼくはそのことを考えた。確かに会う機会も減っていた。話をする機会も。手紙も書かなくなっていた。仕事や私生活を理由に会えないのだと母に嘘をついてきたこと。つかなければならない嘘を少なくするために会おうとしなかったこと。どんな接点も事実が露見する危険をはらむこと。そんなことが頭に浮かんだ。

ぼくは確かに母と距離を置くようになっていた。

それはそのとおりだ。

どうしてそんなことになってしまったのか。計画したわけではなかった。意図したわけでもなかった。仲たがいしたわけでも口論をしたわけでもない。不注意な小さな一歩一歩が重なったせいだ。そして今、肩越しに振り返れば、母がほんの数歩と離れていないところにいるのがわかっているのに、なぜかぼくにはその姿が遠くにしか見えなくなっていた。

留守番電話のメッセージを聞いて、きっと母は激しい反応を示すにちがいないと思った。が、母は無表情だった。メッセージを聞きおえると、これまでのところなかったことだが、ぼくの反応にはまるで無頓着《むとんじゃく》な様子で電話を返した。新たな知らせにすっかり心を奪われているようだった。ひとつ大きく息を吸うと、トロールのナイフを取り上げ、父の到着に備えて武装するかのようにポケットにすべらせた。

自分の自由を得る代価を自分の妻の人生で払おうなんて思う男は人間じゃないわ。怪物よ。どうしてわたしに警告をしなければならなかったの？　どうしてこっそりやってこようとしなかったの？　そのわけは明らかよ。あの人はわたしに自制心をなくさせたいのよ。わめいたり怒鳴ったりさせたいのよ。だからわざとメッセージを残したのよ。わたしには知らせないようになんて言っていたけれど、そんなのは無視しなさい。嘘なんだから。あの人はわざとわたしにも聞かせようとしたのよ。自分が来ることをわざとわたしに知らせようとしたのよ！

木製で、鋭利なものではなかったが、ナイフが母のポケットにはいっていることが気になった。

「母さん、ナイフを渡して」

「あなたはまだ彼のことを父親と見ているかもしれないけれど、あの人はわたしを傷つけたのよ。これからも絶対傷つけるわ。わたしには自分の身を守る権利がある」

「母さん、ナイフをテーブルに置くまではぼくは母さんのことばをひとことも聞かないからね」

母はゆっくりとジーンズのポケットからナイフを取り出し、柄を持ってぼくに差し出しながら言った。

「あなたは彼のことをこれまでずっと誤解してたのよ」

そう言って、母はショルダーバッグからペンを取り出すと、手帳の裏に数字をいくつか走り書きした。

あの人が来るまでせいぜい三時間といったところね。直行便で来る時間を計算すると。コペンハーゲン経由で来るなんて言ってるけれど、それは嘘よ。早く着いてこっちがまだ油断しているところを突こうという魂胆なのよ。時間がない！　もう一秒も無駄にできない。でも、もうひとつ正しておかなければならない嘘がある。スウェーデンのお医者さんは完璧《かんぺき》な英語を話すわ。彼の言うことが理解できないなんて真っ赤な嘘よ。みんな彼の話をちゃんと理解していた。あの人のずる賢いことばの一語一語まで。でも、そんなことよりもっと大切な点は、お医者さんはひとりもあの人の話を信じなかったということよ。嘘だと思うなら、今、彼らに電話してみるといい。彼らのあまりに流暢《りゅうちょう》な英語にあなたはきっと驚くと思う。複雑な文を言って、彼らに理解できないことばを数えるといい。答はゼロよ。あるいはほぼゼロよ。いつでもいいから電話してみて。わたしに対する信頼が少しでも揺らいだらいつでも。いい？　わたしを退院させることにはなんの問題もないって判断したのは専門家なのよ。クリスには何も言わないでっていうわたしの願いを聞き入れてくれたのも、わたしが空港まで逃げるための時間稼ぎをしてくれたのも、みんな専門家がしてくれたことなのよ。

留守電のメッセージの途中でクリスがことばにつまったみたいに聞こえるところがあるけれど、それは愛や同情によるものじゃない。ことばにはつまっても眼には涙の影もない。もしほんとうにことばにつまったのだとしたら、それは自分が瀬戸際《せとぎわ》に立たされてるからよ。自分の罪を隠そうとあがくことに疲れてしまってるせいよ。わたしたちが問題にしなければならないのは、むしろ彼の精神状態ね。彼は自衛本能と罪悪感のあいだで心を引き裂かれてしまってる。今の彼は壁ぎわまで追い込まれた動物と変わらない。それって一番危険な動物よ。人間というのは、最初はとてもできそうにないって思った企みにさえ、身を沈めることができる生きものよ。わたしの言ってることを否定するのに、彼はわたしの子供時代のことまで利用した。彼だけに打ち明けた秘密まで。夜、愛し合ったあと、わたしが囁《ささや》いたことまで。親密な関係にあって、信頼できて、心の友と思えるような相手にしか明かせない秘密まで。

母が今言った父の姿が父の実像とはとても思えなかった。父は無分別ということをなにより嫌う人だ。自分の最悪の敵に関する噂話《うわさばなし》すら口にしないような人だ。母から明かされた秘密を利用するなど論外だった。ぼくは言った。

「でも、父さんはそんな人じゃないよ」

母はうなずいて言った。

「それは認めるわ。だから、わたしもあの人のことを心から信頼してたのよ。あなたが言ったとおり、父さんはそんな人じゃない。でも、それは崖《がけ》っぷちに立たされなければの話よ。人間、崖っぷちに立たされたら誰でも人が変わるものよ」

そう言われても、ぼくとしては納得できなかった。どんな性格の人間にもあてはまるような理屈を言われても、なるほどとうなずくわけにはいかなかった。訊きづらかったが、あえて訊いてみた。

「それってどんな秘密なの？」

母はショルダーバッグから公的機関のもののように見えるマニラ紙のファイルを取り出した。それには白いステッカーが貼《は》ってあり、そのステッカーには母の名前と年月日とスウェーデンの精神病院の住所が書かれていた。

ある人物の精神状態がおかしいことをちゃんとしたお医者さんにわからせたければ、そのための第一歩は、その人物の家族を調査することね。わたしの場合、精神疾患の既往歴なんてなかった。でも、多くのことが記録されないままになっていたから、わたしの陰謀者たちはそのためにめげたりはしなかった。彼らにはほかの選択肢もあったから。彼らはわたしの子供時代に眼をつけた。そして、専門家によって診断されてもいないトラウマを提示することで、彼らの犯罪を告発するずっとまえから、わたしには精神疾患があったことを仄《ほの》めかそうとした。そういう戦略はわたしに近しい悪党がただひとりいれば立てられる。わたしに関する秘密の情報を握っている誰かがただひとり、たとえばわたしの夫のような人間がただひとりいれば。そして、それがとても重要なことになった。彼らが自分たちの身の自由を今後も確保しようと思ったら、クリスはなんとしてもわたしを裏切らなくちゃならなかった。今はあなたにも彼がなんらかのプレッシャーを受けてることぐらいはわかるでしょ？ そう、彼がそんな決断をするというのは彼らしくないことよ。でも、そのときにはもう彼としても引き返せないところまで、彼らと同じ道を歩いてしまっていたのよ。

精神病院に閉じ込められていたあいだ、わたしは独房のようなところでふたりの男性のお医者さんと面談しなければならなかった。床にボルトで固定されたテーブルをはさんで。お医者さんはクリスから聞いたわたしの子供の頃の話で〝武装〟していた。それは一九六三年の夏に起きた出来事の総括的なヴァージョンではないとしても、より詳細なヴァージョンではあった。そのヴァージョンをフィクションと呼ぼうとは思わない。もっと別なものね。事実の断片かららでっち上げたヴァージョンでもない。そう、もっと繊細なものよ。全面否定されることのないようにうまく考えられた、真実の翻案ヴァージョンとでも言えばいいかしら。お医者さんは、冷酷に巧みにつくられたそのヴァージョンをまるでそれが真実ででもあるかのように示して、わたしに答を求めてきた。精神病院に死ぬまで監禁されるなんて考えただけでもぞっとしたし、わたしの答がきわめて重要な意味を持つこともよくわかったから、わたしはペンとノートが欲しいと言った。そんなものを求めたのは、自分がいつのまにか監禁されてることがそれはもうすごくショックだったからよ。わかるでしょ？　まわりは狂気だらけだったし。ほんもののね。わたしはとことん怯《おび》えていた。また出られるのかどうかもわからなかったんだから。そのふたりのお医者さんはわたしの人生の判事であり、陪審員だった。だから、口できちんと説明できるかどうか自信がなかったのよ。英語とスウェーデン語のあいだで混乱もしていたし。だから、とりとめもなく話すんじゃなくて、別な方法を要求したの。一九六三年に起きたことを正確に書かせてくれって。話すんじゃなくて書かせてほしいって。ちゃんと書くから、わたしの子供の頃の出来事と今度のこととは関連があるかどうか、それを読んでから判断してほしいって。

あなたが今持っているのがその夜わたしが書いたものよ。病院を出るときに頼んだら返してくれた。照合確認をしなくちゃならなくなったときのために、きっとコピーは取ってあると思うけれど。それともこっちがコピーなのかもしれないけれど——

そう、今まで気づかなかったけれど、こっちがコピーね。オリジナルは病院にあるのね。

どんなことにしろ、わたしの子供の頃の詳しい話はこれまで一度もしたことがなかったと思う。あなたはお祖父《じい》ちゃんにも会っていない。お祖母《ばあ》ちゃんはもう死んでしまったけれど、ある意味ではあなたにとって最初から死んでいたのと同じことね。そういうことから、あなたはわたしの子供時代はあまり幸せなものじゃなかったって思ってるかもしれない。でも、それはちがうわ。幸せなときはあったから。それもとても幸せなときがね。そういう年は何年もあった。わたしは心の中では今でも素朴さとアウトドアが大好きな田舎の子供よ。わたしの子供の頃の暮らしは悲劇とは無縁だった。

でも、一九六三年の夏に起きた出来事がわたしの人生を変えてしまったの。わたしの人生を破壊して、わたしを家族の中の見知らぬ他人に変えてしまったのよ。わたしを病院に収容できるよう、その出来事は今誤って解釈されている。だから、自分を守るためには、わたしは自分の過去をみんなのまえにさらけ出すしかほかに選択肢がなくなってしまった。わたしの敵がつくったその出来事のヴァージョンは悪意に満ちたもので、それはもう恐ろしいものよ。彼らの言うことをそのまま聞いたら、わたしに対するあなたの見方さえ変わってしまうでしょう。あなたがこのさき子供を持ったとき、自分の子供をわたしとふたりだけにするなんて、とても考えられなくなるくらい恐ろしいものよ。

母に対する見方がまるで変わってしまうほど恐ろしい出来事など想像もできなかった。子供の面倒をみる母の能力を疑うなど言うまでもない。とはいえ、母の子供の頃については ほとんど何も知らないという事実は、ぼくとしても受け容れないわけにはいかなかった。一九六三年の夏に関して母から何か聞かされた記憶はなかった。ぼくは不安を覚えながらファイルを開いた。本文のまえに本人による添え状があった。

「今読んだほうがいい？」

母はうなずいて言った。

「もう読んでもらってもいい頃よ」

親愛なる先生方

わたしがスウェーデン語ではなくて英語で書いていることを奇異に思われるかもしれません。外国生活をするうち、スウェーデン語で文章を書くことはめったになくなり、ほとんど英語で書くようになりました。スウェーデンで受けた教育も十六歳までのことで、ロンドンにいるあいだは母国語を話すこともなくなりました。かわりに自分の英語をよくしようと努力しました。質の高い文学の力を借りて英語の力を鍛えました。だから、英語を使うのはスウェーデンに対して含むところがあってのことではありません。母国に対して悪感情を抱いていることを表明するものではありません。

記録しておいてもらいたくて言うのですが、わたしは自分自身の子供の頃について、話したいとはまったく思っていません。わたしの子供時代のことは、実際に起きた犯罪から派生した皮肉な話として伝えられてきましたが、その過去と現在とはなんの関係もありません。わたしがそう否定しても、先生方はその否定こそ関係のある証拠と思われるかもしれませんが。

わたしの敵たちは一九六三年の夏に起きた出来事を詳細に説明しています。彼らに対する告発をわたしが取り下げるまで、わたしを病院に閉じ込めておけるように。あるいは、わたしは昔から信用のできない人間であって、わたしの告発にはなんの意味もないことを立証するために。そんな彼らの説明が部分的に正しいことはわたしも認めます。すべてが嘘だと言うつもりはありません。彼らのヴァージョンをきちんと検証すれば、場所や名前や日付といった大まかな事実はまちがっていないことがわかると思います。それでも、混み合った電車の中で肩が触れ合っただけの人を友達とは言えないように、実際の出来事にほんの少し触れているからと言って、ただそれだけで彼らの話が正しいと言えないのは自明の理です。

先生方がこれから読まれるのは、ほんとうに起きたことの詳細です。とはいえ、もう五十年もまえのことです。わたしも当時話されたことばを一言一句覚えているわけではありません。だから、このことは最初に断わっておきたいと思います。どんなやりとりもわたしがでっち上げたものだという結論を先生方がお出しになって、その結果、わたしの話全体に疑念の眼を向けられるかもしれませんので。会話の中のことばはあくまでその内容と雰囲気を伝えるためのものです。正確なことばはもう永遠に失われてしまいました。そのことばを実際に口にした人々の何人かとともに。

敬具

ティルデ

農場の真実

わたしたちの農場はスウェーデンにある何千という農場と少しも変わらなかった。辺鄙《へんぴ》なところにあって美しい農場だった。一番近い町でも二十キロも離れていた。子供の頃は通り過ぎる車の音さえ珍しくて、何か音が聞こえるとわざわざ家の中から外に出たものだ。テレビはなかった。家族旅行をするようなこともなかった。森と湖と野原がわたしの知っている風景のすべてだった。

わたしの真実

わたしの母はわたしを産んで亡《な》くなったようなものだ。合併症のせいでそのあと子供を持つことはできなくなったのだ。だから、わたしには兄弟も姉妹もいない。友達はみんな遠くにいてばらばらで、時々、わたしはそんな自分が孤独に思えた。

わたしの両親の真実

父は厳しい人だった。だからと言って、母やわたしに暴力を振るうようなことはなかった。いい人だった。地元政府の役人で、生まれたのも地元だった。農場はまだ二十五歳のときに自分の手で始めたもので、以来、今でもそこに住みつづけている。趣味は養蜂《ようほう》で、巣箱を置くために未開墾の草地を管理していた。蜂《はち》が蜜《みつ》を集める花の取り合わせが父は独特で、父の蜂がつくるホワイトハニーは何度も賞を取っている。だから、わたしの家の居間の壁には、全国的な規模の養蜂の賞状や父の蜂蜜に関する新聞記事の切り抜きを入れた額がいくつも飾られていた。養蜂は母も手伝っていたけれど、蜂蜜のラベルに母の名前はなかった。しかし、母も父と同様に地元社会の重要なメンバーだった。母は教会の仕事に身を捧《ささ》げていた。要するに、わたしはいたって伝統的で居心地のいい子供時代を過ごしたということだ。食べものに困ったなどということは一度もない。言うべき文句もなかった。そんなところへ一九六三年の夏がやってきたのだ。

一九六三年夏の真実

わたしは十五歳。学年が終わり、長い夏休みを迎えたところだった。いつもの愉《たの》しみと家の手伝い——農作業をしたり、湖の畔《ほとり》をサイクリングしたり、泳いだり、果物を摘んだり、探検をしたりといったこと——以外には、どんな予定もなかった。それが近くに新しい家族が引っ越してきた、と父がわたしに告げた日にすべて変わってしまった。引っ越してきた家族はすでに近くの農場を取得していた。ちょっと変わった家族だった。父親と娘だけで、母親はいなかった。田舎で新しい生活を始めようとストックホルムから来た家族で、娘はわたしと同い年。父からその知らせを聞いたわたしは興奮してその夜は眠れなかった。近くに友達ができるかもしれないという思いに、眠れぬ夜を過ごしたのを覚えている。その子はもしかしたらわたしとは友達になりたがらないかもしれないなどと思うと、心配でたまらなくなった。

フレイヤの真実

その子と友達になりたくて、わたしはできるかぎりその子の農場の近くにいるようにした。家を訪ねるなどということはとても恥ずかしくてできなかった。そんな間接的な方法を選んだことは奇異に見えるかもしれないけれど、なにしろまわりとの接触の少ない暮らしをそれまで送ってきたのだ。社交性などないに等しかった。わたしの家の農場とその子の農場のあいだに森とも呼べないほんの小さな森があった。そのあたりは大きな岩がごろごろしていて、農作物の種を蒔《ま》いたりするのには適さない場所だった。わたしはそんなところに毎日行って、木のてっぺんまで登り、その子の農場を眺めて過ごした。そうやって何時間も待った。木の幹にナイフでいろんな形を描いて。しかし、一週間かそこら経ったあたりで、わたしもようやく思いはじめた、この子はわたしとは友達になりたがっていないのだと。

そんなある日のこと、引っ越してきた家族の父親が原っぱを横切ってやってきた。そして、わたしが登った木の下まで来ると言った。

「こんにちは、上の人」

わたしも応《こた》えた。

「こんにちは、下の人」

それが、わたしたちが最初に交わしたことばだ。

「ヘイ・デル・ウッペ」

「ヘイ・デル・ネーレ」

「降りてきて、フレイヤに会ってくれないか?」

彼女の名前を最初に聞いたのがそのときだった。

わたしは木から降りると、その父親と一緒に彼の農場に行った。フレイヤは待っていた。父親がわたしたちを紹介して、フレイヤにとってこのあたりはまったく馴染《なじ》みのない土地だから、わたしが彼女の友達になることをどんなに望んでいるか、と言った。歳《とし》は同じだったけれど、フレイヤはわたしよりずっと可愛《かわい》い女の子で、胸ももう大きくなっていて、ヘアスタイルも都会風だった。どんな男の子も眼を向けずにはいられないような女の子だった。わたしのほうはまだまだ子供だったけれど、彼女はもう子供というより大人だった。わたしは森の中にツリーハウスを造らないかと誘った。そんな誘いには顔をしかめられるのではないかと内心心配しながら。彼女は都会の子で、わたしは大人びた都会の女の子などひとりも知らなかった。もしかしたら、都会の女の子たちはそんな遊びに興味は覚えないのかもしれない。が、彼女は応じてくれた。わたしたちは森まで走り、わたしは若木を曲げて何本か合わせ、屋根の造り方を示してみせた。十五歳の女の子にしては男の子っぽい遊びのように聞こえたら、たぶんそれはそのとおりだ。けれども、わたしにとって体を動かすのはとても自然なことだった。遊びと言えばそういうことしか知らなかった。フレイヤはもっと洗練されていた。彼女はもうセックスを知っていた。

夏の中頃には、フレイヤはわたしにとって常にそばにいたい相手で、いつしかわたしはこんなことを思うようになっていた——夏休みが終わる頃には、彼女こそわたしにはひとりもいない姉妹であり、このあと死ぬまで親友でいたい相手だと、わたしのほうから彼女に打ち明けようと。

トロールの真実

ある朝、森に行くと、フレイヤがさきに来ていて、地面に坐《すわ》っていた。膝《ひざ》小僧のところで両手を組んで。わたしを見上げると、彼女は言った。

「トロールを見たわ」

わたしには彼女が怪談をしようとしているのか、真面目《まじめ》に言っているのか、すぐには判断がつかなかった。それまでふたりでよく怪談を話し合っていて、わたしがした話の中にトロールが出てきたからだ。わたしは訊《き》き返した。

「森で見たの？」

彼女は言った。

「わたしの家の農場で」

彼女が何かほんとうのことを言えば、信じるのがわたしの義務だった。わたしは彼女の手を取った。彼女は震えていた。

「いつ見たの？」

「昨日。原っぱでふたりで遊んだあとよ。家に帰ったんだけど、汚れていてそのままじゃ家にはいれなかったから、離れ家で脚の泥を落としたのよ。そのとき見たのよ。庭の奥にいたわ。フサスグリの藪《やぶ》の陰に」

「どんな恰好《かっこう》のトロールだった？」

「皮膚は革みたいにざらざらしていて青白かった。頭がものすごく大きかった。ふたつの眼のかわりにまばたきをしない、ものすごく大きな黒い眼がひとつだけあった。わたしをじっと見ていて、その眼をそらそうとしなかった。大声でパパを呼びたかった。でも、パパは信じてくれないんじゃないかって思った。だから、ホースを投げ出して家の中に駆け込んだの」

その日、フレイヤは遊ぼうとしなかった。わたしたちは手を握り合って、ただ一緒に坐って過ごした、彼女の震えが収まるまで。そのあと、さよならのハグをし合うと、わたしは彼女が原っぱを抜けて家に帰るのを見送った。

翌日、フレイヤは嘘みたいに明るく、わたしにキスをして言った、トロールは戻ってこなかったと。そして、どうやら自分の眼の錯覚だったみたいだと言って、脅かしてごめんと謝った。

けれども、トロールはまた戻ってきた。以来、フレイヤはまるで別人のようになってしまった。自分の身の安全が信じられないようで、始終びくびくしていた。ほんとうに別人だった。もの悲しげで、口数もうんと少なくなってしまった。遊ぶこともあまりしなくなって、毎日夕方に家に帰ることを恐れるようになった。自分の家の農場を恐れるように。

鏡の真実

フレイヤが最初にトロールを見てから何週間か経《た》った頃、森に行くと、彼女は鏡を手に持っていた。トロールは彼女を監視するのに鏡を使っていると彼女は確信しており、だからその日は朝起きると、家のすべての鏡を裏返しにしたということだった、そのとき手に持っていた彼女の寝室の鏡をひとつだけ残して。その鏡は割って土に埋めるつもりのようだった。そうするのがいいとわたしも思った。彼女は太い棒きれを鏡に叩《たた》きつけた。そして、鏡が割れると、泣きはじめた。その日の夕方、家に帰ると、彼女が裏返しにした鏡はすべてもとに戻されていた。彼女の父親には彼女がそんな妙な真似《まね》をするのが許せなかったのだ。

湖の真実

わたしの計画は単純なものだった。フレイヤがトロールを見たのは彼女の家の農場だけのことだったので、農場から遠い森までふたりで逃げたらどうだろうと、持ちかけたのだ。食料を充分持っていけば、何日かはふたりで生き延びられる。それでトロールを見ることがなければ、おのずと解決策が得られる。彼女の家の農場をただ離れればいいわけだ。彼女はわたしのその計画に同意した。それでわたしたちは朝の六時に道で待ち合わせ、自転車で出かけた。行き先はいつも遊んでいた近くの森とも言えない森というわけにはいかなかった。すぐに見つかってしまう。大きな湖を取り囲んでいる森まで行く必要があった。中で迷子になったらもう二度と見つからなくなるかもしれないほど大きな森だ。わたしの両親はわたしが一日じゅう外にいることには慣れっこになっていた。だから、夕食の時間になってもわたしが帰ってこなかったら、そこで初めて心配しはじめるはずだった。

お昼頃、大粒のひどい雨になった。風も強くなって、叫ばないとお互い声が聞こえないほどになった。フレイヤはすぐにくたびれ、それ以上走れなくなった。ずぶ濡《ぬ》れになって、わたしたちは道路から道路脇《わき》に自転車を引っぱり込むと、倒木の下に一時しのぎの避難所をつくって、砂糖をまぶしたシナモンロールを食べ、アカフサスグリのジュースを飲んだ。わたしの計算では持ってきた食料で三日もつはずだった。が、そのときの一度の食事でもうあらかた食べてしまった。数分おきにわたしはフレイヤに尋ねた。

「トロールが見える?」

彼女はまわりを見まわし、首を振った。わたしたちはずぶ濡れで疲れてもいたのだけれど、防水ジャケットにくるまり、幸せな気分でもあった。わたしは彼女が眠るのを待って自分も眼を閉じた。

眼が覚めると、もうあたりは暗くなっていて、フレイヤがいなくなっていた。わたしは彼女の名前を大声で呼んだ。返事はなかった。トロールがやってきてフレイヤを連れ去ったのだと思い、わたしは泣いた。そこでトロールはわたしも連れ去りにくるかもしれないと思い、今度は怖くなった。わたしはできるかぎり速く走り、その場から離れた。すると湖の畔に出た。もうそれ以上は走ることはできない。まえは湖。トロールはもうすぐうしろまで迫っている。そうとしか思えず、わたしはジャケットを脱ぐと湖を泳ぎはじめた。トロールが水泳を愉しんでいるなどという話は読んだことがなかったから。彼らは中身がぎゅっと詰まった重たい生きものだ。わたしはわたしの歳にしてはかなり泳ぎができるほうだった。

それでも、その夜、わたしは泳ぎすぎた。最後に泳ぐのをやめて振り返ると、それまで経験したことがないほど岸から離れていた。湖岸の両側に生えているマツが遠くの小さなしみのように見えた。少なくとも、わたしはひとりだった。その感覚が最初は心地よく思えた。トロールはわたしをそこまで追いかけてこなかったことがわかったからだ。わたしは安全だった。ところが、そう思うやいなや、急に悲しくなった。友達をなくしたことを思い出したのだ。フレイヤがどこかにいなくなったということは、岸に戻っても自分はひとりのままだということだ。脚が段々重たく感じられ、ひどく疲れてもきた。最初は顎《あご》が水の中に沈み、次に鼻、次に眼、最後には頭まで水に浸《つ》かるようになってしまい、溺《おぼ》れかけているのが自分でもわかった。もちろん自殺しようなどと思ったわけではない。それでも、もう泳ぐ体力も気力もわたしには残ってはいなかった。

わたしは水中に沈んだ。あの夜、わたしは死んでいてもおかしくなかった。でも、わたしには運があった。岸から何百メートルも離れていたのに、たまたまわたしがそのときいた場所は水深が浅かったのだ。湖底の沈泥《ちんでい》の上で少し体を休めると、わたしは湖底を蹴《け》ってまた水面に浮かび上がった。そうして喘《あえ》ぎ、また沈むまえに大きく息を吸い込んだ。湖底で休むと水面に浮かび上がり、大きく息を吸ってまた沈んで体を休めるということを何度も何度も繰り返した。

そうやって少しずつ岸に近づいていった。そんな奇妙なやり方でどうにか陸に戻ると、仰向けに横たわり、しばらくのあいだ星を眺めた。

そして、力が戻ると、森の中を歩き、最後には道路に出られた。ただ、隠しておいた自転車は見つけられなかったので、ずぶ濡れのまま家をめざして歩きはじめた。すると、前方に車のヘッドライトが見えた。地元の人が運転していて、その人はわたしを探していた。両親もわたしを探していた。誰もがわたしを探していた。警察も含めて。

嘘《うそ》

農場に戻ると、わたしは同じことを言いつづけた。

「フレイヤが死んでしまった！」

わたしはトロールの話をした。大人たちにどう思われようとかまわなかった。彼女がいなくなってしまったのだから。それがなによりの証拠なのだから。わたしはそのトロールの話をやめなかった。フレイヤの家の農場に連れていかれるまでやめなかった。最後には父もとりあえず確かめることには同意してくれたのだ。父としてもどうすればわたしを落ち着かせられるのかわからなかったのだろう。父にフレイヤの家の農場まで連れていかれると、彼女は家にいた。もうパジャマに着替えていた。髪にもきちんとブラシがかけられていた。身ぎれいにしていて、相変わらず可愛かった。彼女のほうはまるで家出などしなかったかのように見えた。そんな彼女にわたしは言った。

「トロールの話をみんなにして」

フレイヤは答えた。

「トロールなんているわけがないでしょうが。わたしは家出なんかしてないし、そもそもこの子はわたしの友達でもなんでもありません」

親愛なる先生方

一晩かけて書きました。書くこと自体つらいことで、とても疲れました。わたしは先生方の診察をすぐにまた受けることになっています。あまり時間はありませんが、わたしが書いたことについて話し合うまえに眠っておきたいと思います。なので、このあとに起きたことについては要点だけまとめて書いておきます。

フレイヤにそんな嘘をつかれたあと、わたしは何週間も体調がすぐれませんでした。夏休みが終わるまでベッドで過ごしました。ようやく回復しても、両親はわたしをひとりで農場の外に出してはくれませんでした。母なんか毎晩わたしのために祈っていました。わたしのベッドの脇にひざまずいて祈るのです。それが時には丸々一時間も続くこともありました。学校ではみんなわたしから距離を取るようになりました。

その次の年の夏、その夏一番の暑さが訪れた日、フレイヤが湖で溺死《できし》しました。わたしたちが倒木の下で雨宿りをしたところからさほど遠くない場所で。その同じ日、わたしもまた湖で泳いでいたという事実が、フレイヤが溺れたことにはわたしが関わっているのではないかという噂を生みました。学校の生徒たちはわたしがフレイヤを殺したんだと言いました。わたしにはアリバイがなかったことが疑わしかったのでしょう。その噂は農場から農場へと伝わりました。

それでも両親はわたしの無実を信じてくれていたのかどうか、今日という日までわたしには判断がつきません。もしかしたらこんなふうに考えていたのかもしれません――わたしはその暑い夏の日たまたま湖でフレイヤと会った。それで口論となった。その口論の中で、フレイヤがわたしのことを異常者と呼び、わたしはかっとなってフレイヤの頭を水中に押さえつけた。そうしてずっとずっとずっと押さえつけつづけた、わたしに関することで彼女にはもう嘘が言えなくなるまで。

そのあと続く数日はわたしにとって人生最悪の時期でした。わたしは木のてっぺんに登ってフレイヤの家の農場を眺め、どこに飛び降りようか考えて過ごしました。落ちるときに何本の枝が折れるか数えたりもしました。木の根元でぐにゃりとなった自分の姿を想像したりもしました。地面を見つめて、こんなことばを長いことつぶやきつづけたりもしました。


こんにちは、下の人。

こんにちは、下の人。

こんにちは、下の人。

でも、自殺してしまったら、みんながやっぱりわたしがフレイヤを殺したんだと思うことでしょう。

十六歳を迎えたまさにその日の朝の五時、わたしは農場を出ました。両親のもとを離れました。スウェーデンのその地域を永遠に離れました。誰ひとりわたしを信じないところでなんか生きてはいけませんでした。誰もがわたしのことを犯罪者と思っているようなところでは。それまで貯《た》めたわずかばかりのお金を持って、バス停までできるだけ速く自転車を漕《こ》ぎました。そして、自転車は道路脇の原っぱに乗り捨てて、市《まち》に向かうバスに乗りました。故郷にはそれ以降、一度も戻っていません。

敬具

ティルデ

読みおえても、ぼくは母の手記をしばらく手に持ったまま読んでいるふりをした。考えをまとめるのに時間が要った。この手記に書かれているような、たったひとりの友達の愛を求める孤独な少女の姿を母に垣間見《かいまみ》たことなど、これまで一度もなかった。両親に対する自分の関心のあまりの低さに、おのずとひとつの疑問が浮かび上がった。

自分は両親のことをどれだけ知っているのか？

親に対する子供の自然な愛情がいつのまにか無視にすり替わっていたとしか言いようがない。母も父も扱いのむずかしい情報をぼくに示したことはこれまで一度もなかった。それがぼくの言いわけにはなるかもしれない。しかし、より幸せなアイデンティティを築くためには、抜け出さなければならない過去がふたりにはあった。一方、ぼくは自分に言い聞かせてきたのだろう、自分は苦痛をともなう彼らの過去を探る立場にはいない、と。そう言い聞かせることで、自分の行動を正当化してきたのだろう。それでもぼくはふたりの息子だ。たったひとりの子供だ——ふたりに問うことができただひとりの人間だったのに、ぼくは親密さを理解と混同して、その理解の深さは一緒に過ごす時間によって計れると勝手に決め込んでいたのだった。さらに悪いことに、ぼくはこれまでなんの疑問もなく快適さを受け容《い》れてきた。両親が自ら生まれ育った家族とは異なる新たな家族を築こうとした背景には何があったのか、そんなことは一切考えもせず、居心地のよさだけをほしいまま享受《きょうじゅ》してきたのだった。

母はぼくの演技などすぐに見破った。ぼくが手記を読みおえたことに気づくと、ぼくの顎に手をやって顔を起こさせ、眼と眼を合わさせた。母は毅然《きぜん》とした顔をしていた。今読みおえたばかりの孤独な少女の気配などかけらもなかった。

あなたにはわたしに訊きたいことがある。息子としては母親に訊きにくい質問にしろ。それでも、わたしはあなたが自分から訊かないかぎり答えない。あなたがそのことばを口にしないかぎり。わたしの眼をまっすぐに見て、フレイヤを殺したのはわたしなのかどうか、あなたはわたしにきっぱりと訊かなくちゃいけない。

母の言うとおりだった。ぼくは訊きたかった。手記を読み、その日湖で何があったのかなにより訊きたかった。母とフレイヤがたまたま出会い、言い合いになった場面を思い描くのはそうむずかしいことではなかった――片や小さな頃から野良《のら》作業に馴染んでいる、肉体的に逞《たくま》しい母、片や都会育ちで可愛くてか弱いフレイヤ。そんなふたりがたまたま出会った。母はフレイヤに対して怒りまくっていた。孤独とみじめさの中に何ヵ月も置かれ、フレイヤにどこまでも腹を立てていた。そんな母が屈辱と不面目に自制心をなくし、かつての友の体を揺さぶり、水中に頭を沈めたとしても不思議はなかった。そのあと母はわれに返り、自分のしたことを恥じ、岸に泳いで戻った。うしろを振り返ると、フレイヤの姿はなかった――意識を失って水中に没していた。母は慌《あわ》てて泳いで戻ると、フレイヤを助けようとした。が、もう遅すぎた。パニックになった母はその場から逃げた。かつての友の死体を湖に残して。

「母さんはフレイヤが死んだことに何か関係してたの？」

母は首を振った。

「ちゃんと訊きなさい。母さんはフレイヤを殺したのかどうか？　訊きなさい！」

母は同じことばを何度も何度も繰り返した。

「母さんはフレイヤを殺したのかどうか！　母さんはフレイヤを殺したのかどうか！

母さんはフレイヤを殺したのかどうか！」

母はフレイヤの名前を口にするたびに拳《こぶし》でテーブルを叩いて、ぼくを煽《あお》った。ぼくは心を掻《か》き乱された。もうそれ以上耐えられなくなって、さらにテーブルを叩こうとした母の手を捕まえた。母の力の強さを腕に感じながら、ぼくは尋ねた。

「母さんはフレイヤを殺したの？」

いいえ、殺してなんかいないわ。

どんな学校でもいい。行ってみるといい。世界じゅうのどこであってもいい。どんな学校にも不幸な子供が必ずひとりはいるものよ。そして、そういう子供には必ず悪意に満ちた噂《うわさ》があるものよ。たいていは嘘で固められた噂ね。でも、それがたとえ嘘であってもそんなことはどうでもいいのよ。その子の住んでいる地域社会がその嘘を信じて、その嘘が繰り返されると、やがてそれがほんとうになる——その子にとっても誰にとっても。そういうことからは誰も逃れられない。なぜって証拠があるとかないとかの問題ではもうないからよ。もう悪意だけの問題だからよ。悪意には証拠なんて要らない。そうなると、あとは自分の心の中に逃げ込むしかなくなる。自分の考えと幻想の中に生きるしかなくなる。でも、それも永遠には続かない。永遠に世界を閉ざしたままにはできない。世界はやがて心の殻を破るようになる。そうなったら、もう現実においても逃げるしかなくなる——荷物をまとめて逃げ出すしか。

今にして思うと、フレイヤはフレイヤで問題を抱えていたのよ。お母さんが亡くなったことで、彼女はちょっとおかしくなっていた。すべてがお母さんを亡くしたせいではないにしろ、彼女はわたしのことなんか友達じゃないって嘘をついたあと、若い男と性的関係を持つようになった。大きな農場に雇われていた作男よ。それで彼女が妊娠したという噂が立った。実際、いっとき彼女は学校に来なくなった。悪臭を放つスキャンダルだった。その真偽のほどは訊かないで。訊かれてもわたしにはわからないから。でも、みんなが彼女のことをなんと言おうと、わたしには少しも気にならなかった。だから、彼女が死んだときには泣いたわ。わたし以上に泣いた人はいないと思う。彼女に裏切られたのに、彼女に背を向けられたのに、わたしは泣いた。今でもまた泣けると思う。それほど彼女のことが好きだったのよ。

一九六三年の夏の出来事の真実がわかった以上、その出来事と今年の夏に犯された犯罪とにはなんの関係もないことがあなたにもよく理解できるはずよ。まったくなんの関係もないことよ。まったく別々の人々に別々の場所で起きた別々の時代の出来事なんだから。

思わせぶりな〝犯罪〟ということばが段々苛立《いらだ》たしく聞こえるようになり、ぼくは勇気を出して、明らかな疑問をことばにした。

「ミアも死んだの？」

母は虚を突かれたような顔をした。それまで自制心を働かせて情報をよどみなく提供していた母の顔色が変わった。ぼくはそれまで従順で御しやすい聞き手を演じていた。が、もう限界だった。話をさらに進めるまえにはっきりさせたかった。それまでぼくは母のまわりくどい話の進め方に調子を合わせすぎていた。母は言った。

「あなたはわたしの話がどういう話だと思っていたの？」

「わからないよ、母さん。でも、母さんは犯罪とか陰謀とかずっと言ってるけれど、それがいったいなんなのか言おうとしないじゃないか」

「時間を追って話すこと、それこそ正気の賜物《たまもの》じゃないの」

母はそう言った、まるでそのことばが昔からよく知られ、広く受け容れられている人間の英知ででもあるかのように。

「そのことば自体、いったいどういう意味なの？」

「まえへ行ったりうしろへ戻ったり、あちこち跳ねまわると、人はその人の正気を疑いはじめるものよ。実際、それがわたしに起きたことよ！　だから、最初から始めて順に最後に向かうのが一番確実なやり方なのよ。時間を追って話すことこそ正気の証《あか》しなのよ」

母は〝正気〟ということばをまるで警官が酔っぱらい運転を調べる昔ながらの方法のように使っていた。酔っぱらい運転の疑いのある運転手にまっすぐ歩けるかどうか試すことのように。

「わかったよ、母さん。何があったのか母さんの好きなやり方で説明してくれればいい。でも、まず最初にぼくたちは今なんの話をしてるのか、それだけははっきりさせておきたい。それをひとことで言ってほしい。そうしたら、そのあと細かい話も聞くから」

「きっとあなたはわたしが言うことを信じないと思う」

ぼくは疑問を直接ぶつけて危険を冒していた。これ以上迫ると、母はぼくのまえから姿を消そうとするかもしれない。そんな不安はあった。それでもぼくはあえて提案した。

「今言ってくれたら、約束するよ。母さんの話を最後まで聞かないうちはどんな判断もしないって」

スウェーデンでほんとうに起きたことをあなたがまだ少しも信じていないのは、これで明らかになったわね。最初に言ったでしょ、これは犯罪に関する話だって。犯罪はほんとうにあった。それもいくつもの犯罪が。その犯罪で犠牲者が出た。それも何人も。もっと知りたい？　ええ、ミアは死んだわ。わたしが好きになりかけていた若い娘は死んだ。彼女はもういない。

自分に訊いてみて。これまでわたしがどんな怪しげな仮説を信じたことがあったか。わたしはどんなニュースにも裏があるなんて言ってきた？　これまで何かの犯罪についてわたしが見当ちがいの人を咎《とが》めたことがあった？　そんなことより時間がないわ。今日は警察に行かなくちゃいけない。わたしがひとりで行ったら、警察はクリスと連絡を取ろうとするでしょう。そうしたらクリスはわたしが病気だというつくり話をするでしょう。それもうまくやるでしょう。

話を聞く警官はまずまちがいなく男だから。クリスと同じような。だから彼の話を信じるでしょう。それが実際これまでにわたしが見てきたことよ。だから、わたしには味方が要るのよ。それが家族の一員だったらそのほうがはるかにい い。わたしの側に立ってくれる人、わたしを支持してくれる人、そんな人は言うまでもないけれど、あなたしかいない。そんな仕事をあなたに任せるのはほんとうにわたしとしても心苦しいのだけれども。

あなたははっきりとわたしに尋ねた。だからわたしもそれにははっきりと答えた。今度はわたしのほうからあなたに訊くわね。はっきりと。あなたは今重荷に感じてる？　こんなことを訊くのは、クリスがやってくるまでの時間稼ぎをしてるのなら——わたしに好きなだけ話させて、あなたはひとことも耳を貸さないというのがあなたの作戦なのなら、見せかけだけ聞くふりをして、わたしをここに引き止めて、彼とふたりでわたしを病院に送り込もうとしているのなら、ひとつ警告をしておくわね。その裏切りはわたしたちの関係を修復不可能にするほどひどいものだって。あなたはもうわたしの息子じゃなくなるって。

母の話を信じなければ、ぼくと母との関係に悪い影響を及ぼすというのは、最初からなんとなくわかっていた。が、母はそのことをもっと容赦のない眼で見ているのだった。母の息子でいるには母を信じるしかない。こんなに突拍子もない状況でなければ、母の今の脅しはいかにも大げさに聞こえただろうが、母はそんなことを軽々しく口にする人ではない。これまでにそんなことは一度もなかった。その事実が母のことばに少なからぬ信憑性《しんぴょうせい》を与えていた。母に愛されなくなるなどこれまで想像したことさえなかった。ぼくは母が十代で農場を出たことを思った。両親から逃れ、その後、手紙一通書くことなく、電話一本かけることなく、手がかりを一切残さず、両親のまえから母が姿を消したことを思った。つまるところ、母は親密な肉親の絆《きずな》を一度断ち切っているのだ。またやるかもしれない。しかし、同時に母の言っていることは明らかに矛盾していた。感情に左右されて判断したりしないようにと最初に釘《くぎ》を刺したのは母自身ではないか。そこに親子の関係を持ち込もうというのは明らかに矛盾している。ぼくとしても、ただ母の気持ちをなだめるだけのために、信じると約束するわけにはいかなかった。

「客観的に判断するようにって言ったよね」

そう言って、ぼくは慌ててつけ加えた。

「すでに交わした約束と同じ約束なら何度でもするよ。心を広く持って公平に話を聞くということなら。こうして坐って母さんの話を聞いてはいるけれど、ぼくには何がほんとうなのかわからない。そう、まるでわからない。だけど、母さん、今から数時間後に何が起ころうと、母さんがどんなことを話そうと、ぼくはずっと母さんの息子だよ。ぼくがこれからもずっと母さんを愛しつづけることは絶対に変わらない」

母は警戒心を解いた。ぼくの愛の訴えに心を動かされたのか、それとも自分が戦略的なまちがいを犯したことを認めたからなのか、どちらとも判断がつかなかったが。自分自身に失望するような口調で母は言った。

「あなたが心を広く持って公平に話を聞いてくれること。わたしの望みはそれだけよ」

母の望みは必ずしもそうでもない、とぼくは内心思ったけれど、母がまた手帳の中身に話を戻すのに任せた。

わたしたちの農場のまえの所有者、セシリアという年配の女性の話はもうしたわね。それから彼女がどうしてわたしたちに農場を売ってくれたのか、そこが少し不可解だということも。でも、不可解なところはほかにもあるのよ。彼女は木の浮き栈橋に電動モーター付きのボートを置いていった。ボートもモーターも新品だった。考えてみて。これから農場を売って市《まち》に移り住もうとしているときに、どうしてか弱い老婆《ろうば》がそんなものを買ったのか？

わたしには何もわかっていないことがたくさんあるけれど、このボートのモーターについてはつい最近までまるで考えることもなかった。でも、このボートがひとつの重要な手がかりになることに気づいてから、わたしは自分であれこれ調べてみた。すると、ボートはもともとモーターなしで購入されていることがわかった――モーターはあとからわざわざ取り付けられたものであることが。さらに、セシリアが選んだいわゆるE・スラスト・エレクトリック・モーターというのは、安い品物じゃなかった。むしろ高価なものだった。三百ユーロもするのよ。わたしが調べたかぎりもっと安いモーターでも充分間に合うのに。それだけじゃない。どうして彼女はそんなものをわたしたちに残していったのか。それが次の問題だった。

このモーターの仕様書を見てちょうだい。この仕様書の中に答があるから——セシリアがどうしてわたしたちにこのモーターを残していったのか。自分で答を見つけてみて。

母は手帳にはさんだコピーをぼくに手渡した。インターネットのサイトを印刷したものだった。

E - スラスト五五ポンド電動モーター
今回初めてヨーロッパでもお求めいただけるようになりました!
アメリカのすぐれたデザインとテクノロジーに基づき、年を追うごとにすばらしいパワーとパフォーマンスを示している製品です。

最大推力：五五ポンド
電源入力：一二ボルト（バッテリー別売）
七段階バッテリー残量メーター（液晶）
三六〇度操舵《そうだ》

ステンレス製
長さ：一三三センチ
幅：一二センチ
奥行き：四四センチ
重量：九・七キロ
伸縮ハンドル変速機（前進五段／後進二段）
スクリュー：三枚式
取扱い説明書：あり。使用言語：英語／ドイツ語／フランス語
推奨最大船舶サイズ：一七五〇キロ
ＥＵ法令適合製品です。

ぼくはそのコピーを母に返して言った。

「ぼくにはわからない」

見逃してもしかたがないわね。まず考えてみようなどとは思わないことよ——三番目に記載されていること、七段階バッテリー残量メーター。

説明するわ。

二ヵ月も農場にいて、クリスは一度も川に出なかった。たったの五分も。リゾート地にしようと思ったら、エトラン川が釣りに適していることを証明する必要があるのに、クリスの釣り竿《ざお》はずっと納屋《なや》にしまわれたままだった。そもそもわたしは彼に何を頼んだのか？　彼の嫌いなことでもなんでもない。魚釣りは昔からの彼の趣味だったのに。その農場を選んだ彼の理由のひとつが農場のすぐそばを川が流れていることだったのに。彼は実際そのことを確かめさえしたのに。わたしは何度も何度も頼んだ。川で釣りをしてって。頼んでも彼はただ肩をすくめて、煙草《たばこ》を巻きながら、じゃあ、たぶん明日にでも、と言うだけだった。そんなふうに、わたしの頼みを何週間も無視した挙句、ある日、彼はいきなり言ったのよ、ホーカンと川に釣りにいくって。そのときにはもうふたりは仲よしになっていたんでしょう。ある程度の長さの時間をすでにふたりで過ごしていたんでしょう。わたしはもちろん文句なんか言わなかった。友達ができることは彼自身にとっていいことなんだから。実際、ベッドからなかなか起き出そうとせず、起き出してもストーヴのそばをほとんど離れようとしなかった四月の寒くて暗い朝の頃と比べると、彼の精神状態はずいぶんとよくなっていた。正直に言うと、わたしはそのことにちょっと嫉妬《しっと》さえしていた。といっても、彼がわたしとしては好きにもなれず、信用もできない男、ホーカンと友達になったからじゃない。彼にはほかにも友達ができてたからよ。裏表のある市長にしろ、地域社会では知られた実業家にしろ、市議会の議員にしろ。クリスは地域社会の中心にいる人たちに受け容れられていた。ひょっとしてそれもホーカンの策略なんじゃないかと思ったほどよ。ことさらクリスに親切にして、わたしをいじめようという策略なんじゃないかって。でも、わたしはそんな狭量《きょうりょう》な人間じゃない。わたしは現実的で実務的な人間よ。わたしたちは地域社会とのいい関係を求めていた。その関係がわたしじゃなくて、クリスのまわりに築かれたとしても、それはそれでいいことよ。もちろん、わたしがあんなに頼んでもずっと無視しつづけていたのに、ホーカンの誘いにはいそいそと応じて、釣りに出かけるクリスには腹が立ったけれど。それでもわたしは嫌味ひとつ言わなかった。かわりに、クリスがやっと釣りに出かけてくれて、これでサーモンの写真が撮れると思って喜んだ。

朝食のあと、クリスは納屋からその電動モーターを持ってきた。その朝の記憶はむしろ好ましいものよ。わたしは少しも疑ってなかった。妄想症みたいにもなってなかった。自分たちのオーヴンで焼いたパンでクリスにサンドウィッチをつくって、紅茶も魔法瓶に用意した。彼にキスをして、釣果《ちょうか》のあることを祈った。そうして浮き桟橋の上に立って、手を振って彼を送り出した。彼の釣りの腕が確かなことは疑ってなかったし、わたしたちの川には魚がたくさんいることも信じていた。だから、わたしは大きなのを釣ってきてねって呼びかけた。彼はわたしのその希望を叶《かな》えてくれた。

母はショルダーバッグからまた写真を取り出した。それで四枚目だった。

これはクリスとホーカンが釣りから帰ってきてすぐに撮った写真よ。隅にある日付と時間を覚えておいて。これでわたしはどうして文句を言わなくちゃならない? わたしはクリスに大きなサーモンを釣ってきてくれるように頼んで、彼はそのとおりのことをしてくれたんだから。この写真はわたしたちが計画していたリゾートロッジの宣伝にはもってこいのものよ——ふたりの男が釣果を自慢げに掲げてる写真なんだから。でも、この写真にはものすごく妙なところがある。

よく見て。

クリスの表情をよく見て。

興奮もしていなければ、誇らしげでもない。口元なんかこわばってさえ見える——無理に笑わなくちゃならなくて、その圧力をものすごく感じてるみたいに。

次にホーカンの表情を見て。

彼の視線を見て——横目でクリスを見てる。そこにあるのは計算よ。お祝いじゃなくて。どうしてなの？　喜びはどこに行っちゃったの？　わたしたちの経済状態を思い出して。わたしたちのお金は今年の末には底をつくのよ。だから、この魚はわたしたちが生計を立て直せるようになるかもしれない大いなる証しなのに。

あなたが考えてることはわかるわ。わたしがその日を台無しにしたんじゃないかって思ってない？　わたしが不必要な疑念を持って、何か不適切なことをしてしまい、ふたりの男はそのわたしの振る舞いに当然の反応を示したんじゃないかって、そんなふうに思ってない？　だったらあなたはまちがってる。わたしはふたりを温かく祝福した。ホーカンに対してさえ礼儀正しく接して、このサーモンの料理ができあがった頃にまた来てくださいなんて招待さえした。でも、すぐに変な気がした。見たこともないほど大きなサーモンを釣ってきたというのに、ふたりともやけに冷静だったからよ。わたしがサーモンを受け取ろうとすると、クリスは反射的にそれをさえぎった。くるんで冷蔵庫に入れておかなくちゃいけないからって説明したら、やっと渡してくれた。思った以上の重さにわたしはしっかり持ち直そうとした。そうしたら、たまたま指が鰓《えら》の中にはいってしまったの。そのときわたしが何を見つけたかわかる？

氷よ！

指先に触れたのよ――冷たくて硬いものが。確かめようとしたときには、わたしの指のぬくもりに触れてすぐに溶けてしまったけれど。でも、まちがいないわ。はっきりと感じたんだから。それは川で釣った魚じゃなかったのよ。どこかで買ってきたものだったのよ。

わたしは急いで家の中にはいって、キッチンテーブルの上にサーモンを置いた。そうしてひとりになって鰓の中を調べてみた。もう氷は見つからなかったけれど、中の肉がものすごく冷たくなっていた。わたしはそのサーモンを冷蔵庫に入れるかわりに、居間に戻ってカーテンの陰に隠れて、窓越しにクリスとホーカンが話しているのを盗み見た。読唇術《どくしんじゅつ》なんてできないから、何を話していたのかはわからない。でも、ふたりが互いに釣果を讃《たた》え合ったりなんかしてないことだけはわかった。ホーカンはクリスの肩に腕をまわしてた。クリスのほうはゆっくりとうなずいてたんだけれど、そのとき不意に家のほうに眼を向けた。わたしは慌ててカーテンのうしろにさがった。

クリスがキッチンにはいってきたときには、わたしは陽気さと忙しさを装《よそお》った。彼はサーモンを、偉大なトロフィーを、見もしなかった。シャワーを浴びると、疲れたと言ってベッドにはいってしまった。その夜、わたしは眠れなかった。クリスも同じだった。疲れているはずなのにすぐには眠れないみたいだった。わたしのそばに横たわって、寝てるふりをしていた。わたしは彼の頭の中にはいり込みたかった。どうして彼は眠れないでいるのか？　ふたりの男はどうしてあんな高価なサーモンまで買って、アリバイづくりをしようとしたのか？　今、わたしはわざと〝アリバイ〟ということばを使ったけれど、そう、サーモンはアリバイだったのよ。それがサーモンの目的だったのよ。アリバイにすることが。お金はもちろんホーカンが払ったんでしょう。サーモンもまるまる一匹ともなると、けっこう値が張るものよ。五百クローネ、五十ポンドぐらいはするものよ。わたしたちの経済状態からして、わたしの知らないところでクリスにそんなお金が出せるわけがない。まちがいなくホーカンが買って、クリスにプレゼントしたのよ。

クリスがほんとうに眠ったのがわかるまで、調べることはできなかった。わたしは二時まで待った。そこでようやく彼の息づかいが変わって、眠りに落ちたことがわかった。明らかに彼はわたしを見くびっていた。わたしが氷のかけらに気づいたことに気づいていなかった。わたしはそっとベッドを抜け出して、忍び足で床を横切って、コートを羽織って、船外モーターをしまってある納屋まで行った。納屋の中に立って、モーターを見つめてまず思ったのは、ふたりはボートで数百メートルしか上流にのぼらず、ホーカンのところの桟橋で船を降りたということだった。そこからはホーカンの車でどこかにこっそりと向かったのにちがいない。そう思って、モーターを調べてみた。といっても、モーターを手で撫《な》でまわすぐらいのことしかできなかったけれど、それでも手に触れるスウィッチを全部押していくと、青いモニターのランプが光った。そのモニターにはバッテリーの残量がパーセントで表示されていた。クリスとホーカンが出発したときには百パーセント充電されていたはずなのに、それが六パーセントに減っていた！　言い換えれば、ふたりは九十四パーセントもその日使ったということよ。わたしが最初に思ったことはまちがいだった。ふたりはバッテリーの容量をほとんど使いきるぐらいの距離を行ったのよ。つまりずっと川にいながら、釣りはしなかった。そういうことなのよ。

セシリアの気前のよさについてわたしは初めて真面目《まじめ》に考えてみた。どうして彼女はこんなボートをわたしたちに残してくれたのか？　そのわけは――彼女はわたしに川を探索させたかったのよ！　そのモーターの特性も彼女の目的を代弁してくれている。バッテリーの液晶の残量メーターというのは、なんとも漠然とした手がかりだけれど、それでも同じ電力でどこまで行けるか調べることができる。わたしは待とうとは思わなかった。その夜のうちに、クリスが眠っているうちに、夜明けまえにやろうと思った。川をのぼって、いったい彼らはどこまで行ったのか、突き止めようと思った――今すぐ！

ぼくは自分がきちんと理解できているのかどうか確かめたくて手を上げた。
「真夜中にボートを出したの？」

明日になったら、雨が降るかもしれない。雨が証拠を洗い流してしまうかもしれない――わたしとしてはその夜のうちに確かめる必要があった。クリスにもホーカンにも悟られずに。

バッテリーを充電するのには一時間以上かかった。わたしは納屋の中に坐《すわ》って、数字がゆっくりと増えていくのを見守った。その数字が百になると、川までモーターを運んだ。原っぱを抜けて運ぶのには手押し車を使わなくちゃならなかった。ひっくり返してしまわないよう、音をたてたりしないよう、気をつけて運んだ。クリスが起き出してきたら、わたしにはどんな説明もできない。

実際にはうまくいった。感づかれることなく、浮き桟橋のところまで運べた。やってみると、ボートに取り付けるのは簡単だった。そういうこともセシリアがそのモーターを選んだ理由だったんでしょうね。時計を見て、クリスは早くても八時までは起きてこないだろうと見当をつけた。無理なく行って帰ってくるのに使える時間は五時間。それがわたしに与えられた時間だった。

モーターのスピードを中ぐらいに設定して、わたしは浮き桟橋からボートを出した。彼らは下流には向かわなかった——それはわかっていた。下流には昔ながらの水車に見せかけた水力発電のダムがあって、ボートではそこから先には行けないから。だから上流に行ったのにちがいなかった。ただ、問題はどこまで行ったのかということよ。わたしは水面を照らすよう、安っぽいプラスティック製の懐中電灯をボートの舳先《へさき》に取り付けた。小さな虫がわんさか集まってきた。誰かに見られはしまいかということが気になったけれど、覚悟を決めて、真っ暗な川を進んだ。まわりの世界は寝静まっていた。起きているのは真実を求めるただひとりの人間だけだった。

ゆるやかな弧を描きながら、川は人が耕すさまざまな農場の押しなべて単調な畑のあいだを這《は》っていた。クリスたちはどこにボートを停めたのか、なんのために停めたのか、わからないまま川をのぼり、森のへりまでやってくると、国境を越えて別の王国に足を踏み入れるような気分になった。音が変わって、まわりの雰囲気が変わった。そのうちまわりを森に囲まれたようになった。農場のほうはひっそり閑としていたのに、森は命にあふれていた。わたしがやってきたことに平和が乱されていた。かさかさと藪《やぶ》の枝がこすれる音がした。生きものたちがわたしをじっと見ていた。

ついにバッテリーの残量が四十パーセントになって、わたしはモーターを止めると、ボートを流れに漂わせた。理屈としてはこのあたりが彼らの目的地ということになる。これ以上進むと、農場に戻れるだけの電力がもう残らないのだから。残量が五十パーセントのところでやめなかったのは、帰りは下流に向かうわけで、消費電力はだいぶ減るにちがいないと思ったからよ。

ゆらゆらと揺れるボートの上で、懐中電灯を手にあたりを調べた。光が何かの眼をとらえたけれど、その何かはすぐに逃げ去った。夜気は澄んでいた。霧の気配も靄《もや》の気配もなかった。見上げると空一面に星が出ていて、その星を眺めながらわたしは思った。可能性もこの星の数ほどあるって。クリスとホーカンはここに生えている木のどれか一本にボートを舫《もや》い、そこから目的地まで歩いたのかもしれない。確実なことは何もわからなかった。わたしはボートに坐った。どんな答も得られないまま引き返すことになるのかと思うと、苛立たしくてならなかった。

懐中電灯をボートの舳先に取り付け直そうとしたときよ。わたしのほうに向かって、川の真ん中から一本の枝が突き出しているのに気づいた。奇妙に思い、闇《やみ》に眼を凝らすと、わかった。島があって、そこに生えてる木の枝だった。島は涙の形をしていた。わたしはボートを前進させて、枝をつかんで、その涙島のへりにボートを停めた。わたしが舫った木の幹にはボートを舫ったロープの跡がついていた。その跡はもう数えきれないほどで、幹は表面がつるつるになっていて、それまでどれほどの人がその木にボートを舫ったのか、如実《にょじつ》に語っていた。水面からすぐ上の地面には足跡があった。新しいものも古いものもあって、その夥《おびただ》しい数から、クリスとホーカンだけでなく、もっと何人もの人たちがその島に上がっていることがわかった。わたしはふと思った——こんな真夜中だけれど、もしかしたら、わたしはひとりじゃないのかもしれない。ロープを解いて、ボートを出して、島との距離を置いて、いくらかは安全に探索を続けることも考えた。でも、せっかくここまで来たのよ。距離を置かずに間近で調べたかった。わたしは島の奥、涙の形のふくらんだ部分に生えている木立のほうに歩いて向かった。木々のあいだに角張った黒っぽいものが見えた。誰かが造った退避小屋で、木でできていた。といっても、森の枝を使ったようなものじゃなくて、厚板で造られていて、釘が打ってあった。屋根も雨漏りなどしないようきちんと葺《ふ》いてあるように見えた。子供じゃなくて、大人が造ったものだった。脇《わき》にまわると、ドアがないことがわかった。入口にはただぼろぼろのカーテンが掛けられているだけだった。そのカーテンを開けると、中には敷物が敷かれていて、ジッパーを開いて毛布のように広げられた寝袋と、煤《すす》だらけのガラスの火屋《ほや》がかぶせられた灯油ランプがあった。部屋の大きさから用途は一目瞭然《いちもくりょうぜん》だった。人が立っているだけの高さはなかったけれど、横たわって寝るだけの広さは充分あった。まちがえようのないセックスのにおいが充満していた。地面には煙草の吸い殻が落ちていた。市販されている紙巻き煙草もあれば、手巻きのものもあった。そのひとつを取り上げて嗅《か》ぐと、マリファナのにおいがした。何度も焚火《たきび》がされた跡に残っている灰を木の枝で掘ると、溶けたコンドームの残骸《ざんがい》が出てきた。猥褻《わいせつ》なゴムの鼻くそみたいなものが。

いかにも不穏な母の探索だった。同時に、母は不穏な訴えのまわりをぐるぐるまわっていた。仄《ほの》めかすだけで、それがなんなのかすぐには明確にしようとしなかった。しかし、母の訴えを推測するのも母を急《せ》き立てるのも今ぼくがするべきことではなかった。

「母さんはその島で何がおこなわれてるって思ったの？」

母は立ち上がると、食器戸棚のところまで行って砂糖を見つけ、いくらかつまみ取ると、慎重にテーブルの上に置いてぼくのまえできれいに均《なら》した。そうして砂糖の粒で涙の形をこしらえた。

　セックスということになると、人は何を一番に考えるかわかる？　プライヴェートな場所よ。どんなことでもできて、そのことがまわりの世界には絶対に知られない場所。裁きもなければ、義務もない。恥もなければ、非難もない。

しっぺ返しもない。そういう場所よ。お金持ちなら、そういう場所は陸から遠く離れたヨットの上に確保できるかもしれない。貧しい者なら、それは汚《けが》らわしい雑誌をしまい込める地下室ということになるかもしれない。田舎に住んでいたら、それは森の中の島ということになる。わたしが言っているのはファックのことよ。愛のことじゃなくて。誰でもファックは秘密にしたがるものよ。

反射神経が奇妙な作用を示したかのように、気づくとぼくは砂糖の島を手で脇に払っていた。島は跡形もなくなった。その反応がぼくの思いをはしなくも露呈させてしまっていることに気づいたときには、もう遅かった。その突然の振る舞いはどう見ても怒りの所作だった。母は驚いた顔で身を引くと、ぼくをじっと見つめた。ぼくの表情を正確に読み解こうとした。明らかに、母はぼくの反応を母の持論に対するあからさまな侮蔑《ぶべつ》と取ったようだった。が、実際のところ、ぼくのその反応は母の持論の正しさをみじめなまでに肯定するものだった。なぜなら、ぼく自身ぼくの島を創《つく》り出していたのだから。母は今、そんなぼくの島の中にいた――ぼくのアパートメントに。これまで何度も思ったものだ。自分の性的傾向を両親に秘密にしたまま、マークとの関係を続けることは可能かどうか。マークはそんなことは受け容《い》れてくれないだろう。だから、そういう考えを口にしたことはない。しかし、もし可能だったら、ぼくは自分が創り出した島にずっと死ぬまで住みつづけ、両親とはさらに距離を置くようになっていたのではないか。指先に砂糖の粒をつけたままぼくは謝った。

「ごめん。そう簡単には受け容れられないことだからね。父さんのことだけど」

母はすぐには納得してくれなかった。ぼくが何かを抱え込んでいることに気づいたのだろう。話の向かう先が重々わかりながらぼくは尋ねた。

「いずれにしろ、父さんとホーカンはその島に行ったと思うんだね？」

「思うんじゃないわ。これはわかってることよ」

返ってくる答を思ってためらい、さらに身構えながらぼくは尋ねた。

「父さんとホーカンはそこで何をしたの？」


なされるべき質問はそれじゃないわ。〝何〟じゃなくて〝誰〟よ。誰がそこに連れていかれたのか。彼らが釣りをしたわけじゃないことはもうわかってる。島を調べてもどんな手がかりも得られなかった。どんな答も得られないまま島を離れるのは悔しかったけれど、時計を見て気づいた。自分が今どれほどの危険を冒しているのか。太陽がもう今にも昇ろうとしていた。

思ったとおり、川をくだるのはのぼるよりはるかに速かった。それでももう朝だった。あたりはどんどん明るくなっていた。ホーカンとエリースはもう起きていてもおかしくなかった。彼らはだいたい日の出とともに起き出していたから。わたしとしては彼らが川の近くにいないことを祈るしかなかった。だから彼らの桟橋を過ぎたときには心底ほっとした。でも、なんとか危険は脱したと思ったところでモーターが止まってしまった。バッテリーが切れたのよ。わたしは川の流れに漂った。

モーターのバッテリーが切れたということは、クリスとホーカンは涙島まで行ったわけじゃないんじゃないかって、あなたは思うかもしれないけれど、そう思うまえにわたしのボートの操り方があまりうまくなかったことを計算に入れてみて。それと、わたしは始終ボートを両岸に寄せていた。彼らが上陸したかもしれない場所が見つかりはしないかと思って。あとで涙島に行ったときには、往復するのに一回の充電で間に合ったわ。いずれにしろ、その朝はクリスがもういつ起き出してきてもおかしくなかったから、残りの距離をできるだけ速く漕《こ》ぐしかなかった。でも、ボートなんてもう何年も漕いだことがなかった。一生懸命漕ごうとすればするほど漕ぎ方がおかしくなった。浮き桟橋に着いたときには腕が痛かった。そこに寝そべって一息つきたいところだったけれど、時間がなかった。朝のほぼ八時。モーターを取りはずして持ち上げて、手押し車にのせて坂をのぼった。農場に向かって。でも、そこで心が折れた。クリスはもう起きていたのよ！　外で煙草を吸っていた。彼はわたしに気づくと、手を振ってきた。わたしは声も出せずに立ち止まって、それでも手を振り返して笑ってみせた。そうして手押し車にのせたモーターにジャケットを掛けた。もう見られていたかもしれなかったけれど。言いわけが要った。何かの理由で手押し車を使っていたとしてもさほどおかしくはないから、農場に向かって押しつづけた。下を見ると、モーターの端っこがジャケットの下からのぞいていた。よく見たらすぐにわかってしまう。いいえ、ちょっと見ただけでも。わたしは農場を横切ると、納屋の裏に手押し車を置いた。

クリスのそばまで行くと、彼にキスをした——キスすることを自分に強いて、おはようと言って、すぐに菜園の点検にかかった。点検しながら、川岸で葦《あし》を切る作業をしていたような話をでっち上げた。彼はあまりしゃべらず、煙草を吸いおえると、朝食を食べに家の中に戻った。わたしはその隙《すき》に納屋まで駆け戻って、手押し車を納屋の中に入れて、モーターを降ろすと、充電器につないだ。納屋を出ると、クリスは戸口に立っていた。朝食をとるのはやめたみたいだった。どれだけ彼に見られたのかわからないまま、わたしは彼がモーターの充電を忘れていたことを指摘した。彼は何も言わなかった。わたしは洗濯物を取り上げて、家に向かい、肩越しに彼を振り返った。クリスは納屋のほうを見ていた。モーターを見ていた。

母が語る父と母の振る舞いはまるでぼくの知らない両親の振る舞いだった。この夏のあいだにふたりの関係はどれほど変わってしまったのだろう？　ぼくは尋ねた。

「母さんのしたことに気づいていながら、どうして父さんは母さんに何も言わなかったの？　何をしてたんだって母さんに訊《き》かなかったの？　父さんがどうして黙ってたのか、ぼくには理解できない」

「あの人に何が言えた？　彼はモーターのすぐそばにいるわたしを見た。でも、彼としてはボートのことなんか絶対に話題にしたくなかったわけよ」

ぼくが訊こうとしたのはもっと一般的なことだった。

「なんだか父さんと母さんは話自体もあまりしなくなってる。そういうことなの？」

その質問の意味をもっとはっきりさせようとして、ぼくがさらに言いかけると、母は手を上げ、ぼくのことばを制して言った。

「あなたはわたしたちの夫婦関係について訊いてるの？」

「四十年も一緒に過ごした関係がたった数ヵ月で壊れるとは思えないんだけど」

「もっと短くても壊れるものよ。あなたは安全確実なものを求める人よ。ダニエル、あなたはずっとそうだった。でも、言わせて。安全確実なものなんてこの世にはないの。この上なくすばらしい友情がたった一晩で壊れることもあれば、たった一度の過《あやま》ちを認めただけで、恋人が生涯の敵に変身することだってあるものなのよ」

母のことばはある意味で警告だった――ぼくが母の話を信じなければ、そういうことも起こりうるのだという。母は言った。

「要するに、あなたのお父さんとわたしは互いにふりをしていたのよ。わたしは涙島のことなんか知らないふりをして、あの人はわたしの調査がどれほど真剣なものかわかっているのに、気づいていないふりをしてたのよ」

母は手帳を取り上げ、何かの書き込みを探した。

「例を挙げて教えてあげるわ」

ページをちらっと見やり、ぼくは母の書き込みがますます細かくなっているのに気づいた。

六月十日のことよ。その日は早く起き出して朝食は抜いて、自転車で駅まで行って、ヨーテボリ行きの一番列車に乗った。その小旅行についてクリスに話すつもりはなかった。普通はどんなことも話し合う。でも、このことは秘密にしておく必要があった。セシリアに直接会って涙島のことを訊くことがこの小旅行の目的だったから。電話で話すわけにはいかなかった。クリスに立ち聞きされたくなかった。それにこうした質問は彼女に直接ぶつけたかった——どうしてわたしにボートを残してくれたのか。あなたは何を疑っていたのか。あなたがわたしに話していないことはなんなのか。

セシリアはヨーテボリの老人ホームにはいっていた。ヨーテボリというのは、わたしにとって苦い記憶のある市《まち》ね。十代の頃、数ヵ月過ごしたことがあるの。ドイツに渡るための旅費を稼ぎ出すために。その間、わたしは目抜き通りのクングスポルト大通りにあったホテル・カフェでウェイトレスとして働いてたんだけれど、警察はフレイヤ殺しの罪をわたしに着せて、わたしを探してるかもしれない。それが不安で不安で、まるで逃亡者のような暮らしをしていた。髪を短く切って、服装も替えて名前も偽名を使っていた。一度こんなことがあったのを覚えてるわ。テラスのお客さんの給仕をしてたんだけれど、たまたまそこへパトロール中の巡査がふたりやってきたの。その途端、わたしは手が震えだしてしまって、コーヒーをお客さんにこぼしてしまった。店長にこっぴどく叱《しか》られたけれど、ただひとつの理由からわたしは救われた。男のお客はみんなわたしをからかうのが好きで、チップをたくさん置いていってくれたから。そして、そのチップはいつも店長がポケットに入れてたから。

その朝、市《まち》に着くと、老人ホームまで歩いていくことにした。お天気がよかったし、お金も節約できたから。それとクングスポルト大通りのカフェのまえを歩いてみたいという気持ちもあった。わたしはもうびくびくして暮らしてる若い娘じゃないんだから。老人ホームは橋を渡った市《まち》のへりにあった。市《まち》の中心からはかなりの道のりだった。わたしはその道のりを全部歩いた、セシリアはなんて言うだろうと思いながら。老人ホームは見るからに人を温かく迎え入れようとする佇《たたず》まいで、よく手入れされた庭園があって、坐っておしゃべりができるよう、装飾を凝らした池のまわりにベンチが並べられていた。建物の中の公共スペースもきれいで、受付もちゃんとしていて、そこにいた女性もとても感じがよかった。わたしは自己紹介をしてから、セシリアには訪問者がよく来るのかどうか訊いてみた。すると、入所して以来、彼女を訪ねてきた人はひとりもいないということだった。たったのひとりも。それを聞いて、わたしはすごく腹が立った。なぜって、それまでわたしたちは地域社会のつながりの濃さを嫌というほど聞かされて、信じ込まされてきたからよ。なのに、誰ひとり彼女を訪ねてきてない？　要するに彼女は島流しにあったようなものよ。彼女が土地を売らなかったことをホーカンが根に持って、意趣返しをしていたのよ。彼女にはどんな些細《ささい》な親切もしてはならないって、お触れでも出してたのよ。

セシリアは部屋にいて、膝《ひざ》をスチームに押しつけて庭を眺めていた。読書をしているわけでもテレビを見ているわけでもなかった。ただそこに坐っていた。もしかしたら、もう何時間もそうやっていたのかもしれない。陽光の降り注ぐ庭園を部屋の中からただ眺めているその姿には、どこか胸を締めつけられるようなところがあった。部屋はどこまでも没個性的で、二時間もあれば次の新しい人のためにとことん模様替えできそうだった。〝ホーム〟と呼べるようなところじゃまったくなかった。まさしく乗り継ぎ客用の部屋――生と死のあいだにある待合室。そんなところじゃ話せなかった。まず彼女に外の世界を思い出させる必要があった。だから少なくとも庭園で話そうと思った。でも、彼女のそばに屈《かが》み込むなり、彼女の体の変わりようにわたしはショックを受けた。農場で会ったとき、確かに体はもう弱っているようだった。でも、心まで弱っているようには見えなかった。眼は生き生きとしていたし、頭もしっかりとしていた。それが今、わたしを見上げる彼女の眼は力なくただ潤《うる》んでいるだけだった。まるで彼女の性格が無という千のパーツに置き換えられてしまったかのように。それでも、わたしのことは覚えていてくれて、わたしはほっとした。池のそばでわたしと坐って話をすることにも同意してくれた。

もしかしたら、裁判所はセシリアの証言の信憑性《しんぴょうせい》に疑問を持つかもしれない。彼女の認知の度合いが一定していなかったことはわたしも認めないわけにはいかない――しっかりとした答が返ってきたかと思えば、考えがどこかほかのところに行ってしまい、そんな彼女に質問をするのには忍耐を要したのはそのとおりよ。わたしは彼女の話があちこちにそれるのを受け容れながら、なだめすかしてどうしてわたしに農場を売ったのかという謎《なぞ》に迫った。そうしたら、アン-マリーの真実についてはわかったかって、彼女のほうから訊いてきた。アン-マリーというのはまえに話した世捨て人の奥さんよ。そんなこと、わたしから訊きもしないのに！　わたしは知っていることをかいつまんで話した——アン-マリーというのはとても敬虔《けいけん》な人だったこと、聖句の刺繡《ししゅう》をしていたこと、彼女の死に旦那《だんな》さんはずっと打ちひしがれた状態になってしまっていることなんかを。そうしたら、セシリアはわたしの無知に苛立《いらだ》った。役立たずな人間を相手にしているみたいに彼女は言った。「アン-マリーは自殺したのよ」って。

そのあとはまるで急に意識が澄みきったみたいに話しはじめた。アン-マリーは四十九歳で、それまで鬱《うつ》状態にあったわけでもなんでもなかった。そういう病歴があったわけでもなかった。セシリアは長年の友として彼女を愛していた。ある朝のこと、アン-マリーは起き出して、シャワーを浴びて、仕事着に着替えて、母家《おもや》を出て、納屋の中での作業からその日の仕事を始めようとした。そのとき、彼女の心に何か恐ろしいものが生まれたにしろ、形づくられたにしろ、彼女は小屋の梁《はり》にロープを結んだ。そして、夜明けまえに、彼女の夫がまだ寝ているうちに首を吊《つ》った。ウルフは起き出すと、二階から降りてきて朝食を食べようとした。そのとき納屋の戸が開いているのに気づいて、豚が逃げ出したんだと思った。それで慌《あわ》てて母家を出て、庭を横切って、納屋に向かった。豚をそれ以上逃がさないために。でも、豚は一頭も逃げ出してはいなかった。奥の隅にひとかたまりになって、身を寄せ合っていた。そのとき――公的な記録に残っているかぎり――振り向くと、そこに奥さんがいた。遺書も書き置きも何もなかった。そんな兆《きざ》しもなかった。経済的に困っていたわけでもなかった。まるで説明がつかなかった。

セシリアによれば、この事件に対する村の反応は地域社会の典型と言えるものだった。沈む船を大海が呑《の》み込むみたいにこの悪い知らせも呑み込まれた。豚たちはみな殺された。まるで何かの犯罪の不都合な目撃者みたいに。納屋の梁も一本一本が取り除かれた。セシリアはアン‐マリーのお葬式でホーカンの腕に触れて尋ねた。どうしてなのって。ホーカンを咎《とが》めたわけでもなんでもない、神にしか答えられない沈痛な疑問だった。なのに、ホーカンは怒ったように彼女の腕を振りほどき、そんなことわかるわけがないって言った。ほんとうにわからなかったのかもしれない。でも、アン・マリーの死によって得られた利益を享受《きょうじゅ》することには吝《やぶさ》かじゃなかった。善行を装って、ホーカンはウルフの土地の管理を引き継いだ。そうやって悲しみに打ちひしがれた男を助けるふりをした。

セシリアはけっこう長いこと話してくれた。わたしは彼女の唇が乾き、ひび割れかけているのに気づいた。疲れさせてもいけないので、何か飲みものでも持ってこようと思って、持ってくるあいだ、ベンチに坐って待っているように彼女に言った。そのとき自分が取ったその行動のことは悔やんでも悔やみきれない。彼女の話を自分からさえぎってしまったなんて。コーヒーを持って戻ってくると、彼女はもうそこにはいなかった。ベンチには誰も坐っていなかった。気づくと、池のまわりに人だかりができていた。セシリアがその池の中に立っていた。水に浸《つ》かって。水の深さは彼女の腰ぐらいまであった。腕を胸のところで組んで、見るかぎりとてもおだやかな顔をしていた。老人ホームの白いお仕着せが濡《ぬ》れて透明になっていて、それがわたしに川での洗礼を思い出させた。彼女はまるで司祭に水に浸けてもらうのを待っているかのようだった。実際には、男の介護士が水の中にはいって、彼女の体に腕をまわして抱え上げた。彼女はとても軽かったはずよ。抱えられた彼女のあとについて、わたしも建物の中にはいった。彼女は検査のための部屋に急いで運ばれた。そんな騒ぎの隙にわたしは彼女の部屋に戻ると、部屋を調べて、彼女の所持品のあまりの少なさに驚いた。たぶん大半は売ってしまったんでしょう。引き出しの中に本がはいっていたけれど、子供向けの本ばかりで、見たかぎり聖書も小説もなかった。ただ、衣装戸棚の中に、この革のショルダーバッグがはいっていた。セシリアは昔、小学校の先生をしてたんだけれど、たぶんそのとき教科書を入れるのに使ってたんでしょう。わたしはそれを盗んだ。鞄《かばん》が必要だったから。それも非実用的なハンドバッグじゃなくて、わたしのメモと証拠を入れるのに適した、ある程度大きさのある鞄が必要だったから——

　誰かがアパートメントにはいろうとしている音に反応して、母とぼくは同時に立ち上がった。玄関の鍵《かぎ》が開けられ、チェーン錠が強く引っぱられた音がした。最初はその音が大きく聞こえた。そのあと慎重にドアを開け直したのだろう、二番目の音は小さかった。ぼくに言われて、母がチェーン錠をはずしたところをぼくは見ていた。が、そのあとぼくが背を向けた隙に母はまたかけ直したのにちがいない。父がぼくたちの虚を突いて姿を現わすことを心配したのだ。ドアの隙間に手を入れてチェーン錠をはずそうとしている音が階下《した》から聞こえてきた。母が悲鳴のような声をあげた。

「あの人が来たのよ！」

　急いで母は証拠の品をしまいはじめた。もとあった場所に手際《てぎわ》よく収めはじめた。小さなものは手前のポケットに、錆《さ》びた鉄のケースも含めて大きなものはそれがきちんと収まるスペースに。隙間ができないよう実に効率よくやってのけた。証拠の品を持ち歩いて取り出し、瞬時に収めてまた持ち運べるようにする。その作業をそのとき初めてやったわけではないことは明らかだった。母は屋上の庭園に出る戸口をちらりと見て言った。

「ほかに出口はないの⁉」

父がぼくたちを騙《だま》した。父はぼくたちに嘘《うそ》をついて、母が言ったとおり直行便でやってきて、ぼくたちの虚を突こうとした——母の反応の激しさに影響されたのだろう、最初、ぼくもそう思った。しかし、それはありえなかった。父はそもそも鍵を持っていないのだから。やってきたのは、考えられる唯一《ゆいいつ》の人物——マーク以外にありえなかった。

証拠の品を詰め込み、母はショルダーバッグを肩に掛けようとした。ぼくはそのショルダーバッグに手を置いて、出ていこうとする母を止めた。

「父さんじゃないよ」

「父さんよ！」

「母さん、父さんじゃないって。父さんじゃない。いいからここで待ってて」

自分を抑えられず、どうしてもきつい口調になった。納得してくれるかどうかわからないまま、ぼくは今いるところから動かないよう母に身振りで示し、階段を駆け降りると小走りに廊下を走った。マークはもうドアと格闘しておらず、ドアの隙間に足を差し込んで、携帯電話を手にしていた。ぼくにかけようとしているのにちがいない。ぼくは母の話に文字どおり囚《とら》われたようになっていて、彼に逐次報告するのを忘れていた。彼のこうした反応は充分予測できたことだったのに。彼はぼくをひとりでスウェーデンに行かせることをあんなに心配していたのだから。押し殺した声でぼくは言った。

「ごめん。電話しなくて。でも、今はちょっとタイミングが悪い」

ぼくとしてはおだやかな声音で言ったつもりだった。が、マークは驚いたような顔をした。ぼくはパニックに陥っていた。何年にもわたって慎重に嘘で固めてきたものが今、その土台から潰《つい》えようとしていた、そのぶざまな瓦解《がかい》を取り繕うチャンスをぼくに与えることもなく。もはや自分の手に負えなくなって、ぼくはうしろにさがるように彼に身振りで示した。一旦《いったん》ドアを閉めてチェーンがはずせるように。マークは何か言いかけ、そこでぼくの肩越しにぼくのうしろを見て、口をつぐんだ。

母がショルダーバッグを抱えて廊下の奥に立っていた。木のナイフが母のジーンズのまえのポケットにはいっているのが、そのふくらみからわかった。ことばもなく動きもない、三人ともただ突っ立ったままの数秒が過ぎ、ようやく母が少しだけ近づいてきた。そして、マークの高価そうなスーツと靴を見て言った。

「あなたはお医者さん？」

マークは首を振って言った。

「いえ」

マークはいつもは礼儀正しく社交的な男だが、ぼくが彼になんと答えさせたがっているのかわからなかったのだろう、最小限の返答しかしなかった。

「クリスがあなたを寄越したの？」

「ここはぼくの家です」

そのあとはぼくがつけ加えた。

「こっちはマーク。ここは彼のアパートメントなんだ」

彼をぼくの両親に紹介することを何年も待たせた挙句、ぼくはなんとお粗末な紹介をしたのだろう。気づいたときにはもう遅かった。ぼくの言い方はただ彼を大家か何かのように紹介したのと変わらなかった。恋人として紹介したのではなく。母はその関心をマークの服装から顔に移して言った。

「わたしはティルデです。ダニエルの母です」

マークは微笑《ほほえ》み、中にはいりかけた。が、そこで母の感情のバランスの不安定さに気づいたのか、思いとどまって言った。

「お会いできて光栄です、ティルデ」

どういうわけか、母はマークに名前を呼ばれたのが気に入らなかったようだった。うしろに少しさがると、昂《たか》ぶった神経を抑えるようにして言った。

「わたしたちはどこかへ行ったほうがいいですか?」

「いいえ、好きなだけいてくださってけっこうです」

「あなたはしばらくここにいるの?」

マークは首を振って言った。

「いいえ、すぐに出ていきます」

母はじっとマークを見た。ほかのときならどんな場面であっても不躾《ぶしつけ》と言えるまなざしだった。マークはそんな母の凝視におだやかな笑みで応じた。母は最後に視線を床に落とすと言った。

「階上《うえ》で待ってます」

階段を上がりかけた一瞬、母はマークに最後の一瞥《いちべつ》を与え、ほんの少しだけ首を傾《かし》げた。それまでの世の中の見方を自ら改めようとするかのように。

ぼくとマークは母が階段をゆっくりとのぼるのを無言で待った。ふたりだけになると、ぼくはマークと向かい合った。長いことずっと恐れていたふたりの出会いは、ぼくの思いもよらない形でもうすでに起きてしまっていた。母とぼくのパートナーはもうすでに出会ってしまっていた。すでに名乗り合い、互いに顔も見合っていた。にもかかわらず、ぼくはさらに嘘を重ねていた。マークのことを「ぼくが一緒に住んでいる人だ」と紹介できず、「彼はここに住んでいる」と言ったことで。嘘ではないかもしれない。しかし、嘘ほどに情けない紹介だった。マークにとってそれが苦痛でないわけがない。彼はこうした機会に向けて多くを望んでいたことだろう。それでも、彼は自らの感情を脇に振り払い、声を落として言った。

「お母さんの具合は？」

「わからない」

それまでの母とのやりとりを要約してもなんの意味もない気がした。彼は言った。

「ダン、ぼくが心配しなければならないようなことは何もないんだね？　ぼくはそのことを知っておきたい」

彼はただ様子を見にきたわけではなかった。自分だけが蚊帳《かや》の外に置かれるのが嫌で来たのでもない。何かひどいことになる可能性があるようなら、それを未然に防ぎたくて来たのだ。ぼくひとりの手に負えなくなるようなら、それを食い止めたくて。困難な水路を経験したことのない水夫。マークも母もぼくのことをそんなふうに思っているはずだった。ぼくはうなずいて言った。

「様子を見にきてくれたきみの判断はまちがってない。でも、なんとかぼくだけで対処できる」

それだけではマークには通用しなかった。

「これからどうする?」

「話を最後まで聞く。それから母には治療が必要なのか、それとも警察に相談したほうがいいのか判断する」

「警察?」

「はっきりしたことはまだ何もわからない」

そう言って、ぼくはつけ加えた。

「父がやってくる。考えを変えたそうだ。父が乗った飛行機はもう今にもこっちに着く」

「お父さんもここに来るのか?」

「きみがいたら、母は話さなくなってしまうと思う。今まで話してきたみたいに自由には」

「ほんとうにぼくはここにいなくていいんだね？」

「うん」

マークはしばらく思案してから言った。

「わかった。じゃあ、行くよ。でも、こうしようと思う。近くのコーヒーショップにいるよ。本でも読んでるか、仕事でもしてるか。一分と離れていないところにいる。何か変わったことがおきたら電話してくれ」

マークはドアを開けた。

「しっかりな」

母は立ち聞きしているのではないかと思ったが、廊下にはいなかった。階上《うえ》にあがると、窓辺に立っていた。ぼくがそばまで行くと、母はぼくの手を取ってマークの名を言った。まるでその名を初めて口にするかのように。

「マーク」

母はそこで急に思いついたかのように言った。

にもわかった。

「あなたも少し話さない？」

自分が今どんな感情を覚えているのかもわからないまま、ぼくはただ母の手を強く握った。母は理解していた。それは母がいきなりこんな思い出話をしたことからぼくにもわかった。

「南の海岸で過ごしたある日のことを思い出すわ。あなたがまだ小さかった頃のことよ。六歳だった。暑い日で、頭の上には真っ青な空が広がっていた。リトルハンプトンまで車で行ったのだけれど、すばらしい日になるのはもうまちがいなかった。ところが、海に着いてみると、海風がひどかった。それでもあきらめたくなくて、わたしたちは波打ちぎわから少し離れた砂丘の陰を避難場所にした。そこに三人で腹這いになっているかぎり、風は少しも気にならなかった。太陽が照って、砂も暖かくなっていた。日光浴をして、うたた寝をして、わたしたちは長いことそこにいた。でも、最後にわたしは言った、〝ここに永遠にはいられない〟って。そうしたら、あなたはわたしを見て言った、〝どうしていられないの？〟って」

ぼくは言った。

「母さん、ぼくの話はまたいつか今度にしよう」

母はその日一番淋《さび》しげな声で言った。

「いつか今度なんて駄目よ。絶対今日でないと。わたしの話が終わって、警察にも行ったら、話してちょうだい。わたしは聞きたい。わたしたちは以前はなんでも話し合ったじゃないの」

「これからもするよ」

「約束する？」

「約束する」

「またお互いを身近に感じられるようになれる？」

「なれる」

母は言った。

「わたしの話の残りを聞く心の準備は？」

「できてる」


人は誰でも過ちを犯すものよ。でも、過ちの中には赦《ゆる》せるものと赦せないものがある。この夏、わたしはとうてい赦せない判断ミスを犯した。ミアは危険な状態に置かれているって確信していたのに、ほんの一瞬にしろ、その自分の確信を疑ってしまったんだから。

週に一度、わたしは自転車で海辺まで遠出していた——観光地のほうではなくてさらに北の海辺まで。深い森が近くに迫っていて、シダ類がところどころに生えている砂丘があって、全体にごつごつした地形の海辺よ。リゾート地じゃない。だから観光客が来ることもない。そんな浜辺を走るのよ。ある夕べ、三十分ほど走って引き返そうとしたとき、森の中で何かが動いたのが見えた。明るい白い何かで、まるでマツの木のあいだを小さな船が帆を上げて進んでるみたいだった。浜辺も森も普通あまり人が来ないところよ。ところが、見ていると、森の中から浜辺にいきなりミアが現われたの。まるで花嫁みたいな恰好《かっこう》をして。髪に花を挿して、手にも花を持っていた。夏の到来を祝う夏至祭《げしさい》のときに着るようなドレスを着て、今にも五月柱のまわりで踊りだしそうな雰囲気だった。何をしようとしているのか知りたくて、わたしはとっさにシダ類の灌木《かんぼく》の陰に隠れた。彼女は今は使われていない灯台まで浜辺を歩いていった。そして、灯台のドアに花を掛けてから中にはいった。

まるで幽霊物語の生き証人にでもなったみたいだった。でも、ミアは現実だし、砂の上にも足跡がはっきりと残っていた。ミアは誰かを待っていた。花は彼女が灯台の中にいることをその誰かに示す印だったんでしょう。ミアは誰を待っているのか、わたしは見届けようと思った。待てば待つほど不安になってきた。その誰かがわたしにすでに気づいていたら？　だとしたら、森の中に隠れていて、わたしがいなくなるまで森から出てこようとしないんじゃないか。一時間近くも経《た》って、わたしは自問した。明らかにミアは愉《たの》しそうだった。灯台に向かったのは彼女の自由意志よ。誰かに強制されたわけでもなんでもない。好奇心はそそられたけれど、だんだん寒くなってもきていた。地元で催される夏至祭のまえに風邪なんかひきたくなかったから、わたしは見届けるのをあきらめて、家に帰ることにした。

そのときの自分の甘い判断がわたしには今でも赦せない。そのとき現われたはずの男がミア殺しの犯人なのよ。そうにちがいない。

ぼくとしてはもっと情報が欲しいところだったけれど、母が今では詳細を避けようとせず、ミアの殺害についてはひとまずおくとしても、実際に起きたことの説明に向かっていることに気づいた。だからよけいなことは言わないことにした。母はずっと坐《すわ》っておらず、坐ろうというそぶりも見せなかった。ショルダーバッグを肩に掛けたまま、中を開け、夏至祭の招待状を取り出した。

毎年、地元では夏の到来を祝う催しを二日に分けて二度別々におこなっている。一日目は地域にやってくる旅行客用のもので、二日目は地元の人間だけにかぎったものよ。で、こちらのほうが重要な催しになる。これは自由参加の最初の催しのために浜辺やホテルで配られるチラシよ。そこには花やリボンで飾った五月柱のまわりで踊る子供たちの姿が描かれていて、いかにも純粋な気持ちでお祝いをしているふうに見えるけれど、これはただお金儲《かねもう》けのためのものね。どんなものもコストを考えて安上がりにすまされる。どうしてそんなことをわたしが知ってるのか？　それはそこでわたしも働いたからよ。ミアがわたしたちの農場に立ち寄って、お金になる仕事の口を紹介してくれたの。わたしたちがお金に困っていることを知ってたのね。それでわたしたちの役に立とうとしてくれたのよ。わたしはお祭りの主催者に連絡を取った。それでビールとシュナップスを売るテントで働くことになった。

その日、お祭りがおこなわれる会場にわたしは朝早く向かった。その原っぱはホーカンの所有地で、わたしは大きなイヴェントをまえにみんなが気持ちを高ぶらせていることを想像していた。お祭りがうまくいくかどうかはわたしたち担《にな》い手の肩にかかっているのだから。この夏至祭は収穫を祝った昔にまでさかのぼる。自分たちを育《はぐく》んでくれる大地への愛を示すものね。スウェーデンという国自体に対する深い愛も示すものよ。なのに、わたしがその日眼にしたのは気持ちが萎《な》えるようなものばかりだった。まず料理を出すための白いテントはものすごく古びたもので、湿っていた。いたるところゴミ箱だらけで、人々にあれこれ指示する手書きの表示ばかりがやけにめだつ会場だった。これをするな、これはしなくちゃいけない。実際のところ、プラスティック製の簡易トイレの長い列が五月柱よりめだっていたほどよ。入場料には料理とノンアルコール飲料の代金が含まれていて、二百クローネ、ほぼ二十ポンドというのはリーズナブルな値段だと思うかもしれないけれど、どこまでもコストを抑えたものがただ量ばかりふんだんに提供されるのよ。ホーカンが彼のパーティにポテトサラダを持ってくるようにわたしに言ったのを覚えてる？　お祭りの会場でわたしはポテトサラダというものが料理としていかに低くみなされているか、目《ま》のあたりにした。バケツに入れて、大きなひしゃくですくって出すのよ。旅行者用の安っぽい食べものとして。だから、ホーカンはパーティに持ってくるようにわたしに言ったのよ。どうでもいい旅行者向けの料理を持ってくるように。それは彼がわたしのことをそう見ていたから。つまり、スウェーデンを旅する旅行客みたいに。

ビールとスピリッツを出すアルコールのテントには料理だけのテントより係が大勢いた。一方、料理を出すテントには、順番を待って並ぶお客の列がすぐに何百メートルにもなった。でも、それは集まった人々に二度並ぶ意欲を萎えさせるためのしみったれた戦略だった。言うまでもないと思うけれど、特に男の人たちはすぐにビール・テントに向かうようになって、わたしたちは最初から大忙しだった。でも、そういった戦略をわたしがどう思おうと、集まった人たちはみんな愉しそうだった。天気もよくて、全員がとにかく愉しみたがっていた。

昼休みを利用して、わたしは五月柱のまわりではどんな催しがおこなわれているのか見にいった。伝統的な衣裳《いしょう》を身につけた子供たちが踊っていた。その踊りを見物していると、誰かに肩を叩《たた》かれた。振り向くと、ミアが立っていた。海辺で見かけたような白いドレスも着てなければ、髪に花も挿してなかった。今日こそそういう衣裳を着る日なのに。ビニールのゴミ袋を持ってゴミを拾っていた。自分からその仕事を強く望んだんだって彼女は言った。ドレスアップするつもりもなければ、みんなに見られるのも嫌だからって。そのときでさえ彼女のそのことばは奇異に聞こえた。どうしてこの若い娘は見られることをそんなに恐れているのか。すると、ミアは去年のサンタ・ルシア祭の話をした。一年で一番暗い十二月に光を祝うお祭りよ。そのとき、教会がお祭りに因《ちな》んだお芝居を企画した。誰がサンタ・ルシアの役――髪にろうそくをつけた聖女の役――を演じるか、それを決める過程を描いたお芝居で、考えの凝り固まった聖歌隊指揮者がその役に、いかにもスウェーデン美人といったステレオタイプの少女を選ぶというお話。その少女は可愛《かわい》いブロンドなんだけれど、でも、性格がよくない。一方、ミアが演じた役はサンタ・ルシア役にはなれない。誰より清い心の持ち主なんだけれど、黒人だから。ところが、儀式のさなか、行列の先頭を歩いていた性格の悪い女の子の髪に火がついて、ヘアスプレーをつけすぎていたために燃えだしてしまう。そんな少女をミアが演じた役の少女が救うのよ。自分の身の危険をも顧みず。わたしはお芝居のすじだて自体なんだか奇妙な話だと思ったけれど、もっと変なのは、そのお芝居のあと――いわば偽《にせ》の行列をしたあと――ほんとうのサンタ・ルシアの行列では、ミアに先導役が与えられたことよ。お祭り全体が苦痛以外の何物でもなかったって、ミアは言っていた。その恥ずかしい思いのあとは、もう人前で何か演じるなんて金輪際しないことを自分に誓ったそうよ。

それはともかく、そうやってわたしと話しているときに、彼女はわたしのうしろにいた誰かに気づいて強い反応を示した。振り返ると、ホーカンが料理のテントにはいっていくところだった。ミアがそのあとを追って、いきなり駆け出したので、わたしもそのあとに続いた。テントの中ではちょっとした騒ぎが起きていた。ホーカンが若い男の首根っこを押さえつけていた。二十代前半のハンサムな男性で、髪はブロンドでロングヘア、片方の耳に鋲《びょう》のピアスをしていた。その男性も背が高くて、運動選手のような引き締まった体をしていたけれど、肉体的にはとてもホーカンには敵《かな》わなかった。ホーカンはその若者をテントのキャンヴァス地に押しつけて、真っ赤になって怒鳴っていた、おれの娘に手を出すなって。ミアはまえに走り出ると、父親の腕にすがりついて、わたしはこの男の人のことなんか知りもしないって訴えた。ホーカンはそのことばにちょっと戸惑ったような顔をして、若い男にしゃべらせようとした。すると、その若い男はミアを見て、いきなり笑いだした。そして、この娘のことを言ってるのなら、あんたは頭がおかしいんだよ、だなんて言った。おれは黒い娘になんか興味はないよって。実際には、その若者はもっと差別的で不快なことばを使ったのだけれど、そのことばをここで繰り返そうとは思わない。いずれにしろ、そんなことばを口にしただけで、そこにいた誰もがその若者のことを軽《けい》蔑《べっ》したはずよ。ただひとりを除いて。ホーカンただひとりを除いて。若者のその下卑たことばに、ホーカンは嘘のように落ち着きを取り戻した。その若者もまた人種差別主義者であることがわかったから。彼がスパイからミアに関するどんな情報を得ていたにしろ、それはまちがいだった。彼が平常心を取り戻したのは傍からも明らかだった。まえにも言ったと思うけれど、彼にとってなにより大切なのは自分が所有しているということなのよ。若者の醜いことばづかいを咎《とが》めるかわりに、彼は自分が相手をまちがえたことを素直に若者に謝った。

ミアは多くの人々のまえでの騒ぎにいたたまれなくなったのね。ゴミ袋をその場に落とすと、テントから駆け出した。わたしはホーカンのところまで行くと、ミアのあとを追ったほうがいいのではないかと進言した。すると、ホーカンは憎しみもあらわにわたしを睨《にら》み、よけいなことに首を突っ込むな、と言った。そして、両手を脇《わき》に垂らして、わたしのすぐ脇を通り過ぎた。そのとき、握りしめた拳《こぶし》をわたしのおまんこに思いきり強く押しつけたのよ。ぐいと手を押し出して、わたしの木綿のワンピース越しに。わたしは一瞬息が止まった。彼はそれが故意ではないことを装《よそお》って、すぐに通り過ぎた。だから、わたしが悲鳴をあげていても、きっと否定したでしょう。否定して、わたしを嘘つき呼ばわりしたでしょう。あるいは、テントの中は混み合っていたから、たまたまただ触れただけだとでも言ったことでしょう。ビールのテントに戻っても、彼の拳がまだそこに押しつけられているような感覚が消えなかった。まるで自分がパン生地か何かでできていて、彼の拳の跡が永遠につけられてしまったような。

ぼくは思った。母はそのことば——おまんこ——を自分が覚えたショックを少しでもぼくに伝えたくて、ホーカンの拳が残した感触をぼくに少しでもわからせたくて、わざと使ったのだろうか。そうだとしたら、母の狙《ねら》いは見事に成功していた。母がそんなことばを使うのを耳にしたことなど一度もなかった。これも母の計算なのだろうか？　もしかしたら、母はぼくがあまりに話を気楽に聞きすぎていると思ったのかもしれない。思いやりと親密さを取り戻したいっときがあったからといって、真実から眼をそむけてもいいことにはならない。母はぼくにそう警告したかったのだろうか。母の側に立って言えば、ぼくたちは今、世界の闇《やみ》と暴力に立ち向かおうとしているのだから。どんな検閲も加えず、母は世界の闇と暴力をありのまま提示したかったのだろう。

母は金をかけてつくったことが一見してわかる二枚目の招待状をショルダーバッグ

から取り出すと、よく見比べられるようふたつの招待状をテーブルの上に並べて置いた。

これは地元の人たちだけのための夏至祭の招待状よ。その品質のちがいについては指摘するまでもないわね。わたしの名前が上品な黒のインクで手書きできれいに書かれているのを見て。わたしのミドルネームまで書かれている――エリンという名前まで。でも、クリスのミドルネームはない。奇妙なことよ。だって、そもそもどうしてわたしのミドルネームがわかったのか、それにどうしてクリスのほうはミドルネームがないのか。わたしは自分のミドルネームなんか誰にも話してない。もちろん、それは秘密でもなんでもないけれど、だからといってうっかり口にするようなことでもない。このことはやはり無言の脅迫としか考えられない。わたしに関する情報なんていとも簡単に掘り起こせるんだという脅しとしか。ホーカンはこんなふうにして、わたしに伝えようとしたのよ、あれこれ調べることにはいい面と悪い面があるって。彼に楯突《たてつ》くことは自分自身の人生に楯突くことにもなるって。

ぼくにはそれがいったい母にはどんな脅しになるのかわからなかった。

「母さん、母さんのことを調べるとどんなことがわかるの？」

フレイヤのことが調べられてしまうかもしれないじゃないの！　そんなことになったら、わたしはもう破滅よ。あの噂《うわさ》のためにわたしは故郷を離れなければならなかったのよ。わたしの両親の眼にわたしは親友を殺した娘としか映ってないのよ。それが根も葉もないことであっても、真実なんかもうどうでもいいのよ。噂を聞きつけたら、ホーカンは夕食のときにでも奥さんの耳に囁《ささや》くでしょう。彼の奥さんはまちがいなくコーヒーでも飲みながら友達に話すわ。百人の人たちが同時に囁きだすようになるのに時間はかからない。わたしはすぐに好奇の視線にさらされることになる。そんな嘘の中でなんか絶対に生きられない。もう二度とそんな嘘の中では。そういう嘘だけは駄目。もちろん、わたしとしても強くなろうとするでしょう。そんな嘘など無視しようと努めるでしょう。でも、最後には世界をシャットアウトできなくなる。手に入れた農場を手放すしかほかに方法がなくなる。

それでも、フレイヤのことを調べられるまでは調査は続けようと思った。怯《おび》えて暮らすつもりはわたしにはなかった。この地元の人間だけの夏至祭は、地域社会の交流関係を観察するのにはいい機会になった。最初、そういうことは慎重の上にも慎重を期してやらなければならないって思っていたけれど、お酒がまわると、みんな舌もほどけて、軽率な言動も飛び出すようになった。次に何が起こるか、わたしは進んでそのことを記録しようと思った。ホーカンのバーベキュー・パーティではわたしはおずおずした気の利《き》かない女に見えたでしょうけれど、それは自分がどんなふうに思われるかすごく気にしていたからよ。今回のわたしは観察者だった。自分の評判を考えて時間を無駄にするつもりはなかった。みんながわたしに好意を抱いていようといなかろうと、そんなことはどうでもよかった。わたしの目的ははっきりしていた。いったい誰がミアに取り入ろうとするか。それを見届けることよ。

必要でないかぎり、よけいな描写はしないって最初に言ったけれど、それでもその日は今にも嵐《あらし》になりそうな天気だったって言えば、あなたにもその夏至祭がわたしの人生で一番不穏な夏至祭だったことがわかると思う。いつなんどき空が大きな口を開けてもおかしくなかった。実際、不穏な空気はそんなところにもあった。さらに参加者はみんな心の中でどこか恨みがましく思ってもいた。そのまえの日の旅行者用の夏至祭は、陽の光が燦々《さんさん》と降り注いで、真っ青な空が頭上に高く広がる完璧《かんぺき》な夏の好天に恵まれたんだから。浮かれ騒ぐのが好きな人たちは夜遅くまでビールを飲んで、芝生の上でまどろむこともできるような陽気だった。ところが、その翌日は打って変わって肌寒く、風も吹きすさぶほどだった。主催者はやれることすべてを完璧にこなしたのに、ただ、天気だけが味方してくれなかったというわけ。そのどうにもならない事実が華やかなお祭りの雰囲気を壊していた。

わたしは、髪を編んで、家で摘んだ花をたくさんつけた伝統的なスウェーデンの民族衣裳を着ていくことに決めていた。ミドルネームを知られてしまったことで、いくらか神経質になっていたのだけれど、そういう衣裳はわたしという人間を人畜無害な陽気な人間に見せるはずだった。わたしが真実に近づきすぎていると彼らが疑っていたとしても、そういう衣裳で彼らの疑念も薄れるはずだって、そう思ったのよ。青いワンピースに黄色いエプロン。そんな恰好をした女性を陰でこっそり笑うのが彼らという人間よ。クリスはわたしがそんな馬鹿《ばか》な恰好をすることに反対した。そんな恰好をしたって地元社会には溶け込めないって言った。わたしにはもうそんな望みなんかないことが彼にはまだわかってなかったのよ。わたしのほうは無駄な望みだってもうとっくにあきらめていたのに。わたしたちは絶対に地域の一員とは見なしてもらえない。でも、それより重要なのは、わたしのほうも彼らの一員になどなりたいとは思わなくなっていたことよ。といって、そういうことまで説明して、わたしの馬鹿な恰好のわけを明かすことはできなかったから、わたしはあまり説得力のない主張で、クリスの抗議を撥《は》ねつけざるをえなかった。何十年ぶりかのスウェーデンの夏至祭だから大切にしたいのだとかなんとか、そんなことを言って。クリスは苛立って、ホーカンの車に乗せてもらうからと言って、ひとりで農場を出ていった。おまえがどうしても子供みたいな真似《まね》をすると言うのなら、おれはそんなおまえには一切関わりたくない。そんなことまで言って、さきに出ていった彼を見送りながら、つくづく思ったものよ、これまで自分たちの人生で大切なことはほとんどふたりでペアを組んでやってきたのにって。だから、この調査でもクリスとペアを組めたらどんなによかっただろうって。実際には彼のことをもう信じていなかったわけだけれど。いずれにしろ、わたしもひとりで出かけた。民族衣裳を着て。古ぼけてひび割れた革のショルダーバッグを彼に代わるお供にして。

会場に着いたら、何人かの奥さま方の見下したような視線にあった。わたしはそれに耐えた。彼女たちはまるでわたしが薄ら馬鹿か何かのように話しかけてきた。わたしのことをとても勇気があるなんて言って。それ以外の大方の人たちはわたしの思惑どおり、呆《あき》れ顔を隠さず、ガードを下げた。お祭り会場のロケーションは完璧で、とても景色のいいところだった。サーモン用の魚梯《ぎょてい》から少しくだったところに戸外劇場があって、ドサまわりの喜劇劇団が旅行客相手にお芝居をしてたんだけれど、そこからもさほど離れていない、エトラン川沿いの細長い土地が選ばれていた。準備も行き届いていた。戸外トイレもちゃんとしたものだった。洒落《しゃれ》た食べものの専門店が大テントを張って店を出していて、夏の花々のブーケがいたるところにあった。でも、なにより眼を惹《ひ》いたのは五月柱よ。柱自体は昨日と同じものなのに、飾り付けられている花の数は二倍にも三倍にもなっていた。あまりにきれいなものだから、そのことが意味する不公平さにわたしはすぐには気づかなかった。昨日の今日なのだから、その五月柱は昨日のお祭りにも使えたはずよ。命と夏を祝うこのお祭りは地元の人間の心の卑《いや》しさにすでに汚《けが》されていた。

エリースもいた。眼に侮蔑の色を浮かべていた。わたしは彼女のように盲目にはなれないってまえに言ったけれど、日によっては、気分がすごく落ち込んでいるようなときには、彼女の選択も理解できるような気分になった。恥も外聞もなく言えば、疑念に蓋《ふた》をして、この地域社会を崇拝することにエネルギーを注ぐことができたらどんなに楽だろう、なんて思うこともあった。そうすれば、もう眠れなくなることも、心配することもなくなるのにって。川の上流の森の中でいったい何がおこなわれてるのか、なんてことはもう一秒だって考えなくてもすむのにって。わたしが盲目になることを選んでいたら、ホーカンはきっとそのわたしの選択を祝福してくれたでしょう。わたしの降伏を喜んで、その見返りにわたしに大勢の友達を紹介してくれたでしょう。でも、盲目は盲目で簡単な道じゃない。義務と献身が必ず求められる。その代償はあまりに高すぎる。だって、自分がエリースのイミテーションになってしまうのよ。エリースはエリースで彼女のまえの世代の誰かのイミテーションなんでしょうけど。盲目の伝統は何世代にもさかのぼるものにちがいないわ。疑問や批判を頭から払い落とすことを強いられた女性たち。そんな女性たちの世代が何世代にもわたって続いているのよ。忠義と献身という女性の役割はこの地域社会と同じくらい古いものなんだと思う。そういう役を演じれば、わたしもこの地域社会に受け容《い》れられるかもしれない。もしかしたら、それである種の幸せさえ得られるかもしれない。でも、それは自分がひとりになったときに感じられる幸せじゃない。ひとりになったら、きっとわたしはそんな自分を嫌悪《けんお》するでしょう。何かの決断をするときに大切なのは、ひとりになったときに自分をどう思うかということよ。

わたしと同じように、ミアもひとりでやってきた。でも、それよりなにより驚いたのは、彼女もわたしと同じようにドレスアップしていたことよ。髪に花を挿して、手にも花を持って、白い花嫁衣裳で現われたのよ。海辺で見かけたときに着ていた服と同じものだった。でも、あのときの無垢《むく》さはどこにもなかった。生地が汚れ、破れているところさえあった。持っている花も花びらを落としていた。彼女は服が汚れているのを隠そうとさえしていなかった。まるであの灯台から戻る途中、森の中で誰かに襲われたみたいな恰好だった。最初のうち、彼女はみんなを無視して、川べりに立って、お祭りに背を向けて、川を眺めていた。わたしは自分からは何もしなかった。よけいなことをして、波風を立たせたくなかった。でも、そのうち彼女の様子がおかしいことに気づいた。動作がおかしかった。一歩一歩の足取りが慎重すぎた。体のバランスを取ることさえやっとのようだった。そう、もちろんわたしの勘はあたっていた。ようやく挨拶《あいさつ》をしたときにそれがわかった。彼女は眼を血走らせていた。酔っぱらってたのよ！　自分で持ち込んだのにちがいないわ。その会場で彼女にお酒を出すはずはなかったから。もちろん、ティーンエイジャーが酔っぱらっていたからと言って、そのこと自体はことさら大げさに言わなければならないことでもないわ。それでも昼日中、そんな場でひとり黙々と飲むというのは、どう考えても愉しくて浮かれている人間のすることじゃない。心に問題を抱えた者の飲み方よ。

五月柱のまわりでダンスをする頃には、ミアはもう酔っているのを隠しきれなくなった。そもそも隠すつもりなんかなかったのかもしれない。彼女の様子にそれまではさほど敏感じゃなかった人たちも、何かがおかしいことに気づきはじめた。ホーカンも彼女を家に連れて帰る準備をしはじめた。そんなことをすればかえってめだって、よけいに人目を惹くものよ。それでも、彼は彼女をこのままここにいさせたら面倒を起こすかもしれないと思ったんでしょう。それで人目を惹いてでも自分ひとりで解決できる方法を選んだんでしょう。わたしとしては彼に彼女を連れ出させるわけにはいかなかった。ミアが酔っぱらってるのには何かわけがあるはずだった。彼女は誰かと対決するために飲んだ。お酒から勇気を得ようとした。わたしにはそんなふうに思えてならなかった。彼女がやろうとしていることをやり遂げるだけの時間を彼女に与えること。それこそ今わたしがすべきことだった。

わたしはミアの腕をそっと取ると、みんなに集まるように声をかけながらセンターステージのほうに彼女を連れていった。そして、即興で夏至祭の歴史に関する話をしはじめた。参加者全員がわたしのまわりに集まってきた。ホーカンもいた。わたしは、スウェーデンでは今夜こそ魔法の効果が最も強くなる夜だと話した。わたしたちの曾祖父母《そうそふぼ》は、農場に豊作をもたらしてくれるよう大地の神に祈って、豊穣《ほうじょう》の儀式として踊ったんだと。さらにわたしは集まった子供たちひとりひとりに手製の花束から花を一本一本抜き取って渡した。言い伝えによれば、この花を今夜寝るまえに枕《まくら》の下に置くと、将来の恋人、夫、妻の夢が見られると言って。花を受け取ると、子供たちはくすくす笑った。子供たちにはそのときのわたしは人畜無害な魔女みたいに見えたことでしょう。でも、わたしのその奇妙な行動にはちゃんとした理由があった。わたしはミアに近づくと、残った花をすべて差し出した。わたしが恋人や夫や妻の話をしたあと、彼女はどんな反応を示すか。ミアは花束を高々と掲げた。わたしが思ったとおりだった！　彼女はもうへりまで来ていた。この地域社会に対する告発と、地域社会が隠している秘密の暴露まであと一歩というところまで！　誰もが彼女を見つめていた。いったいこのあとミアは何をするのか。ミアは花束を頭上高く放り投げた。結婚式に花嫁がするように。誰もがそれを眼で追った。結わえてあったひもがほどけて、花はばらばらになって、夏の花びらの彗星《すいせい》となって落ちてきた。

ホーカンがまえに出てきた。まわりの人を押しのけ、ミアの腕をつかんでみんなに謝った。腕ずくで引っぱっているように見えないよう、手荒に扱っているように見えないようずいぶんと気を使っていた。ミアのほうも抵抗はしなかった。銀色に輝く彼らのサーブのほうに大人しく引っぱられていた。ホーカンはそんな彼女を助手席に乗せた。彼女は窓を開けてうしろを振り返った。「わたしたちに話して！」ってわたしは彼女に叫びたかった——「今、話して！」って。車がスピードを上げると、彼女の長い黒髪が風に吹かれて、彼女の顔をすっかり隠した。

それが生きているミアを見た最後になった。

T・R・スミス
田口俊樹訳

チャイルド44（上・下）

CWA賞最優秀スリラー賞受賞

連続殺人の存在を認めない国家。ゆえに自由に凶行を重ねる犯人。それに独り立ち向かう男――。世界を震撼させた戦慄のデビュー作。

T・R・スミス
田口俊樹訳

グラーグ57（上・下）

フルシチョフのスターリン批判がもたらした善悪の逆転と苛烈な復讐。レオは家族を守るべく奮闘する。『チャイルド44』怒濤の続編。

T・R・スミス
田口俊樹訳

エージェント6（上・下）

冷戦時代のニューヨークで惨劇は起きた――。惜しみない愛を貫く男は真実を求めて疾走する。レオ・デミドフ三部作、驚愕の完結編！

B・テラン
田口俊樹訳

暴力の教義

武器を強奪した殺人者と若き捜査官。革命前夜のメキシコに同行潜入する二人は過去を共有していた――。鬼才が綴る〝悪の叙事詩〟。

G・D・ロバーツ
田口俊樹訳

シャンタラム（上・中・下）

重警備刑務所を脱獄し、ボンベイに潜伏した男の数奇な体験。バックパッカーとセレブが崇めた現代の『千夜一夜物語』、遂に邦訳！

A・ジョンソン
佐藤耕士訳
蓮池薫監訳

半島の密使（上・下）

ジュンドは不条理な体制に翻弄されながらも、国家の中枢に接近しようとする。愛するものを守り抜く、青年の運命を描いた超大作。

J・アーチャー
永井　淳　訳

百万ドルをとり返せ！

株式詐欺にあって無一文になった四人の男たちが、オクスフォード大学の天才的数学教授を中心に、頭脳の限りを尽す絶妙の奪回作戦。

J・アーチャー
永井　淳　訳

ケインとアベル（上・下）

私生児のホテル王と名門出の大銀行家。典型的なふたりのアメリカ人の、皮肉な出会いと成功とを通して描く〈小説アメリカ現代史〉。

J・アーチャー
永井　淳　訳

ゴッホは欺く（上・下）

9・11テロ前夜、英貴族の女主人が襲われ、命と左耳を奪われた。家宝のゴッホ自画像争奪戦が始まる。印象派蒐集家の著者の会心作。

J・アーチャー
永井　淳　訳

誇りと復讐（上・下）

幸せも親友も一度に失った男の復讐計画。読者を翻弄するストーリーとサスペンス、胸のすく結末が見事な、巧者アーチャーの会心作。

J・アーチャー
戸田裕之訳

遥かなる未踏峰（上・下）

いまも多くの謎に包まれた悲劇の登山家マロリーの最期。エヴェレスト登頂は成功したのか？　稀代の英雄の生涯、冒険小説の傑作。

J・アーチャー
戸田裕之訳

15のわけあり小説

面白いのには〝わけ〟がある――。時にはくすっと笑い、騙され、涙する。巨匠が腕によりをかけた、ウィットに富んだ極上短編集。

J・アーヴィング
筒井正明訳

ガープの世界
全米図書賞受賞（上・下）

巧みなストーリーテリングで、暴力と死に満ちた世界をコミカルに描く、現代アメリカ文学の旗手J・アーヴィングの自伝的長編。

J・アーヴィング
中野圭二訳

ホテル・ニューハンプシャー（上・下）

家族で経営するホテルという夢に憑かれた男と五人の家族をめぐる、美しくも悲しい愛のおとぎ話——現代アメリカ文学の金字塔。

ヴェルヌ
波多野完治訳

十五少年漂流記

嵐にもまれて見知らぬ岸辺に漂着した十五人の少年たち。生きるためにあらゆる知恵と勇気と好奇心を発揮する冒険の日々が始まった。

ヴェルヌ
村松潔訳

海底二万里（上・下）

超絶の最新鋭潜水艦ノーチラス号を駆るネモ船長の目的とは？　海洋冒険ロマンの傑作を完全新訳、刊行当時のイラストもすべて収録。

T・ウィリアムズ
小田島雄志訳

欲望という名の電車

ニューオーリアンズの妹夫婦に身を寄せたブランチ。美を求めて現実の前に敗北する女を、粗野で逞しい妹夫婦と対比させて描く名作。

T・ウィリアムズ
小田島雄志訳

ガラスの動物園

不況下のセント・ルイスに暮す家族のあいだに展開される、抒情に満ちた追憶の劇。斬新な手法によって、非常な好評を博した出世作。

T・クランシー
G・ブラックウッド
田村源二訳

デッド・オア・アライヴ（1〜4）

極秘部隊により9・11テロの黒幕を追え！軍事謀略小説の最高峰、ジャック・ライアン・シリーズが空前のスケールで堂々の復活。

T・クランシー
M・グリーニー
田村源二訳

ライアンの代価（1〜4）

ライアン立つ！　再び挑んだ大統領選中、頻発するテロ。〈ザ・キャンパス〉は……。国際政治の裏の裏を暴く、巨匠の国際諜報《インテリジェンス》小説。

T・クランシー
M・グリーニー
田村源二訳

米中開戦（1〜4）

中国の脅威とは——。ジャック・ライアンの活躍と、緻密な分析からシミュレートされる危機を描いた、国際インテリジェンス巨篇！

T・クランシー
M・グリーニー
田村源二訳

米露開戦（1・2）

ソ連のような大ロシア帝国の建国を阻止しようとするジャック・ライアン。ロシア軍のウクライナ侵攻を見事に予言した巨匠の遺作。

T・クランシー
P・テレップ
伏見威蕃訳

テロリストの回廊（上・下）

米国が最も恐れる二大巨悪組織、タリバンと南米麻薬カルテルが手を組んだ！　アメリカ中を震撼させる大規模なテロが幕を開ける。

K・トムスン
熊谷千寿訳

コードネームを忘れた男（上・下）

物忘れがひどくなった辣腕ＣＩＡ工作員……。国家機密は大丈夫なのか。老スパイを追う謎の組織とは。前代未聞の超弩級エンタメ。

新潮文庫最新刊

隈　研　吾著
建築家、走る
世界中から依頼が殺到する建築家は、悩みながらも疾走する——時代に挑戦し続ける著者が語り尽くしたユニークな自伝的建築論。

寺島実郎著
二十世紀と格闘した先人たち
—一九〇〇年アジア・アメリカの興隆—
激動の二十世紀初頭を生きた人物はいかなる視座を持って生きたのか。現代日本を代表する論客が、歴史の潮流を鋭く問う好著！

大島幹雄著
明治のサーカス芸人はなぜロシアに消えたのか
日露戦争、ロシア革命、大粛清という歴史の襞に埋れたサーカス芸人たちの生き様。三枚の写真からはじまる歴史ノンフィクション。

西岡文彦著
恋愛偏愛美術館
純愛、悲恋狂恋、腐れ縁……。芸術家による様々な恋愛、苦悩、葛藤。それぞれの人生模様、作品が織り成す華麗な物語を紹介。

とのまりこ著
パリこれ！
—住んでみてわかった、パリのあれこれ。—
セレブ？　シック？　ノンノン、それだけがパリじゃない！　愛犬バブーと送る元気で楽しい「おフランス通信」。「ほぼ日」人気連載。

鏑木　毅著
極限のトレイルラン
—アルプス激走100マイル—
目指すゴールは160キロ先！　45歳を過ぎてなおも走り続ける、国内第一人者のランナーが明かす、究極のレースの世界。

Title : THE FARM (vol. I)
Author : Tom Rob Smith

Japanese translation published by arrangement with
Tom Rob Smith c/o Curtis Brown Group Ltd. through
The English Agency (Japan) Ltd.

偽《いつわ》りの楽《らく》園《えん》(上)

新潮文庫　ス－25－7

Published 2015 in Japan
by Shinchosha Company

平成二十七年九月一日発行

訳者　田《た》口《ぐち》俊《とし》樹《き》

発行者　佐藤隆信

発行所　株式会社新潮社

郵便番号　一六二―八七一一
東京都新宿区矢来町七一
電話　編集部(〇三)三二六六―五四四〇
　　　読者係(〇三)三二六六―五一一一
http://www.shinchosha.co.jp

価格はカバーに表示してあります。

乱丁・落丁本は、ご面倒ですが小社読者係宛ご送付ください。送料小社負担にてお取替えいたします。

印刷・株式会社光邦　製本・憲専堂製本株式会社

ISBN978-4-10-216937-7 C0197